밖으로
밖으로,
신나는 인생

—

정영수 수필집

—

■ **(주)고려원북스**는 우리들의 가슴속에 영원히 남을 지혜가 넘치는 좋은 책을 만들겠습니다.

밖으로 밖으로, 신나는 세상

초판 1쇄 | 2015년 9월 25일
개정판 1쇄 | 2018년 10월 29일

지은이 | 정영수
펴낸이 | 설응도
펴낸곳 | (주)고려원북스

출판등록 | 2004년 5월 6일(제16-3336호)
주소 | 서울시 서초구 서초중앙로29길 26 (반포동) 낙강빌딩 2층
전화번호 | 02-466-1207
팩스번호 | 02-466-1301

ISBN : 978-89-94543-71-0 03810

잘못 만들어진 책은 구입처나 본사에서 교환해 드립니다.

밖으로 밖으로, 신나는 인생

—

정영수 수필집

—

(주)고려원북스

차
례

1장

나의 삶, 나의 가족

2장

밖으로 밖으로, 신나는 인생

4장 여행 속의 여행

5장 노년의 샘

| 에필로그 |

다시 미지의 길 앞에 선
나그네가 되어

한여름에 칠순을 맞았다.

동터 오르는 새벽빛을 바라보며 차 한 잔 앞에 두고 생각해보
니, 지나온 세월 무엇 하나 옹골차게 다지지 못하고 무엇 하나
뾰족이 들이밀지 못한 채 모서리만 닳아 있다. 칠십 평생 겨우
개인사 몇 가지 이루었을 뿐, 세상을 위해 제대로 큰일은 한 게
없으니 돌아볼수록 아쉽다.

인생에도 춘하추동이 있으며, 화려한 축제의 뒤에는 그 축제를
마련하기까지의 노력과 정성이 깃들어 있다. 그러나 해마다 봄,
여름, 가을, 겨울은 그리도 잘 느끼며 살아 왔으면서도, 정작 나
는 인생의 소년기, 청년기, 장년기, 노년기는 구별조차 못하나

보다. 아직도 이리 청년의 마음 그대로니 말이다.

그렇다 하더라도 내가 한 평생 온몸으로 부딪치며 진심으로 느껴 깨우친 것들과 인생의 절반 이상을 해외생활을 하면서 국내에만 있었다면 결코 볼 수 없었을 것들을 볼 줄 아는 안목을 갖게 된 것은 의미가 있다면 나름 있을 터이다.

이에 비록 다 익지 못한 생각과 지혜일지라도 후배들에게 작은 도움이라도 되었으면 하는 마음과 그래도 열심히 살아온 내 스스로에 대한 작은 위로라도 삼을까 싶어…, 을미년 나그네의 심정으로 낙서처럼 쓴다.

盛年不重來 歲月不待人. 청춘은 다시 오지 않고 세월은 사람을 기다리지 않는다네.

CJ인재원 사무실에서

개정판 출간에 부쳐

요즘 부쩍 시간이 너무 빠르다는 것을 실감한다.

70찻잔 수필집을 내고 3년이 흘렀다.

나이가 들면 나이만큼 세월이 빨리 간다던데…….

글을 쓴다는 것은 시간적 여유가 있을 때 하는 것이라는 고정관념 때문에 그동안 바쁜 핑계로 글을 쓰지 않았다.

그렇지만 명색이 한국문인협회 수필 부분의 자랑스런 회원이 되었는데 일 년에 몇 편을 써야 수필가답게 타이틀을 유지할 것이 아닌가?

그래서 70찻잔을 수정 보완하고 몇 편의 글을 써 증보하기로 마음먹고 다시 펜을 잡았는데 금년 여름은 왜 이렇게 더

운지 계속되는 무더위에 가만히 있어도 땀난다고 짜증을 내보지만, 계절은 머물고 떠날 때를 아는지라 이제 또 무술년은 가고 있다.

가면 가고 오면 오는 세월을 어떻게 막을고…….

2018년 8월 하순 한남동 서재에서

人生七十古來稀인생칠십고래희는
당나라 시성 두보杜甫의 '곡강曲江'에 나오는 글이다.
당시에는 70세를 인생의 종착역으로 여겼던 모양이다.
나 또한 그 나이가 되어 보니 감회가 새롭다.
그러나 지금은 70세가 중년도, 노년도 아니다.
마음만 있다면 무엇이든 다시금 시작할 수 있는 나이다.

1장

나의 삶, 나의 가족

내 고향은 진주올시다

사람은 누구나 고향을 그리워한다.

40여 년을 해외로 떠돌며 살아온 나는 고향에 대한 그리움이 골수에 사무쳤다. 수구초심首丘初心이라고 할까. 지금도 눈을 감으면 정든 고향 마을과 오솔길, 코흘리개 친구들의 모습이 손에 잡힐 듯 생생하다.

어린 시절 내 고향은 황폐한 전쟁의 폐허 그대로였다. 아무것도 내세울 것 없는 볼품없는 고향, 그래도 내 가슴 속으로는 남강이 구름을 따라 흐르고 그 뒤에는 비봉산이 포근하게 감싸주는 세상에서 가장 아름답고 정겨운 곳이다.

그 시절 우리 고향 사람들은 너나없이 모두가 가난했다. 다행히 나의 부친께서는 공무원이셨기에 그래도 먹을 것 걱정은 없었으나, 대부분 동네 사람들은 일 년 내내 땀 흘려 농사를 지으면서도 굶주림에 시달렸다.

당시에는 장마철마다 남강이 범람하는 바람에 농사를 망치기 일쑤였다. 강둑에 앉아 범람하는 강물에 휩쓸려 떠내려 오는 소, 돼지를 넋을 잃고 보는 것이 연중행사였을 정도였다. 그러다 다행히 어쩌다 홍수가 지지 않는 해는 이번에는 극심한 가뭄으로 온갖 작물들이 새까맣게 타들어가 고향 사람들의 속도 까맣게 타들어가곤 했다.

학교 꼴도 말이 아니었다. 교실은 전쟁 때 소실되어 학생들은 맨땅에 앉아 공부를 해야만 했다. 덕분에 비라도 오는 날은 그대로 휴일이었다. 그나마 바깥에서 공부하는 것은 참을 만했으나 교실 증축을 위해 매일 벽돌을 나르는 일은 어린 학생들에겐 가혹한 노동이었다. 당시 초등학교 저학년이었던 나는 운동장에서 언덕 위 공사 현장까지 벽돌 나르는 일이 정말 죽기보다 싫었다.

그러나 그런 노동을 견딜 수 있었던 것은 방과 후에 벌어지는 우리들만의 놀이판이 있었기 때문이었다. 라디오도 TV도 없던 그 시절, 소박한 저녁을 먹고 나면 너나없이 아이들은 동네

빈터에 모여 깡통차기를 했다.

놀이의 룰은 간단했다. 한 친구가 깡통을 멀리 차내면 술래는 깡통을 제자리에 갖다 놓아야 한다. 술래는 숨은 사람을 찾아야 하는데, 술래가 깡통이 있는 자리를 비우고 아이들을 찾는 사이 가까이 숨어 있던 친구가 또다시 깡통을 차버려 술래를 괴롭혔다. 그렇게 술래가 숨은 친구들을 다 찾아야 놀이는 끝났다.

전기가 부족해서 저녁이면 깜깜해지는 골목에서 달빛을 친구 삼아 했던 깡통차기 놀이는 결코 잊히지 않는 내 유년시절의 한 페이지다.

봄이면 올챙이들이 헤엄치는 연못가와 여름에는 논두렁이 우리들의 전용 놀이터였다. 사내아이들은 수컷 수병이잠자리를 줄에 매달아 암컷을 잡는 재미에 해가 지는지도 몰랐다. 가을이면 바지를 둥둥 걷고 논두렁 수로에 들어가 소쿠리 한가득 미꾸라지를 잡았다. 너무나 맛있었던 추어탕 한 그릇, 영양이 부족했던 우리들이 그나마 단백질을 보충할 수 있는 기회였다.

추수 끝난 들판에 겨울이 오면, 아이들은 너나 할 것 없이 실에 사구유리가루를 먹이는 작업에 돌입했다. 이른바 연놀이 사전 작업이었다. 파랗게 시린 겨울, 빳빳하게 사구 먹인 연줄을 띄워 상대의 연줄을 끊으면, 아이들은 들판이 떠나가라 환호했다.

그깟 추위쯤은 우리들에겐 아무 문제도 아니었다.

여름밤이면 친구들과 몰래 과수원에 들어가 과일 서리를 했다. 서리를 하다 한 번도 걸린 적이 없었던 우리는 늘 무슨 특공대마냥 의기양양했다. 과수원 할배가 일부러 자는 척을 할지도 모른다는 생각이 든 것은 훨씬 철이 든 이후였다.

지금 같으면 상상도 할 수 없는 일들이다. 그렇다. 우리 고향 사람들은 비록 가난했지만 넉넉한 가슴을 갖고 있었다. 그리고 그런 고향의 품에서 우리는 쑥쑥 자랄 수 있었다.

중고등학교 시절 하면 가장 기억나는 것은 아이러니하게도 '송충이'다. 오뉴월이면 진주의 모든 학생들은 산에 올라 소나무 재선충 방지를 위해 송충이를 잡았다. 나는 그게 뭐라고 친구들보다 한 마리라도 더 잡기 위해 악착같이 산을 누비던 기억이 지금도 생생하다.

송충이를 잡던 학생들은 11월과 12월이 되면 이번에는 보리밭으로 동원되었다. 눈 오기 전에 보리밭을 밟아주어야 했기 때문이다. 학생들이 일렬로 서서 보리가 심어진 들과 산자락을 줄지어 밟는 모습은 장관이었다. 가끔 날랜 남학생들은 산토끼를 잡는 쾌거를 올리기도 했다.

당시엔 농기계도 없고 농약도 비싸서 학생들의 도움 없이는 농사를 지을 수 없었던 것이다. 학생들도 누구 하나 불평하지 않고, 야외학습 하는 마음으로 모두 즐거이 참여하였다. 비록 어렸지만 그곳이 우리 부모님들이 대대로 살아온 터전이며, 앞으로 내 자식들에게 물려주어야 할 소중한 자산임을 잘 알았기에……

또한 그때는 차가 드문 시절이어서 걸어 다니는 것이 차를 타는 것보다 자연스러웠다. 나도 초등학교 1학년 때부터 약 4km 되는 거리를 걸어 통학했다. 중학교에 가고 상급학교에 진학할수록 걷는 거리는 늘어났다. 고등학교 때는 수십 km 정도는 거뜬히 걸어 다니게 되었다. 나는 그때 만들어진 근육 덕분에 지금도 이렇듯 다리만큼은 튼튼한 것이라고 생각하며 홀로 웃는다.

그땐 물도 참 귀했다. 그래도 다행히 우리 고향에는 남강이 있어 다른 동네에 비해선 행운이었다. 어머니께서는 일주일에 한 번씩 빨래가 가득 담긴 큰 통을 들고 강에 나가 빨래를 하셨다. 그러면 우리들은 어머니 주위에서 멱을 감으며 물장구를 치곤 했다. 그때 배운 개헤엄 덕분에 수영 못한다는 소리를 듣진 않지만 평생 가족들에게 놀림거리가 되고 있다.

지금도 눈을 감으면 정든 고향 마을과 오솔길,
친구들의 모습이 떠오른다.
어린 나를 포근히 보듬어준 어머니와 같은 존재,
꿈에서라도 가보고 싶은 그곳……

내 고향 진주는 충절의 도시답게 의리 있고 인심이 후한 살기 좋은 곳으로 유명하다. 많은 선비들이 모여 학문을 연마한 역사가 바탕이 되어선지 인재가 많다. 몇 년 전 통계에 의하면 우리나라 도시 중에서 기업인을 가장 많이 배출한 곳이 진주라고 한다. 뿐만 아니라 역사학자들은 '진주'를 본관으로 택한 성씨가 우리나라 성씨姓氏 중에 '경주'에 이어 두 번째로 많다고 한다.

이렇게 어린 나를 지켜주고 튼튼하게 키워준 어머니와 같은 자랑스러운 고향. 누가 고향이라도 물을라치면 나는 미리부터 어깨가 쭉 펴지고, 가슴 속으로 따뜻한 기운이 차오름을 느낀다. 꿈에서라도 가보고 싶은 그립고 그리운 그곳!

'그렇소! 내 고향은 진주올시다!'

우리 부부의 대명사가 된
자녀교육

초등학교 시절 어머니는 시장에서 양품점을 운영하셨다. 아침 일찍 나가 늦게 오시던 어머니. 학교에서 돌아오면 어머니가 계시지 않는 텅 빈 집에서 마음 한 켠이 늘 외롭고 허전했던 기억이 나의 뇌리 속에는 항상 남아있다.

세월이 지나 결혼 적령기가 된 나는 맞선을 보았는데 그때 지금의 아내를 만나게 되었다. 같은 고향이었던 아내와는 맞선도 보기 전에 이미 어른들끼리 결혼에 대한 기본적인 이야기가 오가던 상태였다. 나는 맞선장소에서 아내를 보자마자 한눈에 마음에 들어 청혼하였다.

그리고 다음날 곧장 다시 만나 당시 교직생활을 하고 있던 아내에게 결혼 후에 꼭 따라주었으면 하는 나의 부탁을 전했다. 그때 전한 내용은 이러했다.

- 행복한 가정을 만들기 위해 결혼 전에 직장생활을 정리해줄 것.
- 자식들이 학교에서 돌아오는 시간에는 꼭 집에서 맞이해줄 것.
- 맏며느리로서 일가친척 간의 우애를 지켜줄 것.

내가 특별히 이런 부탁을 한 것은 어린 시절 어머니가 늘 집에 안 계신 것에 대한 회환이 있었을 것이다. 그런 의미에서 나는 결혼 전부터 이미 자녀교육에 지대한 관심을 갖고 있었다.

아버지와는 달리 어머니란 존재는 아이에게 세상에서 가장 아늑한 보금자리요, 따뜻한 쉼터이기에 가정에서 어머니의 역할은 무엇보다 중요하다.

그런데 천생연분이라고나 할까. 다행히 아내도 나와 같은 가정철학을 가지고 있었다.

아이들을 양육하고 교육한다는 것은 타고난 가정환경과 더불어 이후에 부모가 어떻게 교육시키느냐에 따라 그 결과는 크게 달라질 수 있다고 생각한다. 부모의 사랑과 훈계가 적절한, 지속적이고 정성스런 교육은 아이들을 바르고 굳건하게 만든다는 사실을 나는 살아갈수록 더욱 절실하게 느낀다.

화초를 기를 때에도 때에 맞춰 물도 주고, 햇볕도 쬐어주고, 잡초도 뽑아 주고, 불필요한 가지도 쳐주어야 하고, 영양분을 공급하기 위해서 시기적절하게 거름도 주어야 한다.

한낱 화초 하나를 기를 때에도 이럴진대 자녀를 키우는 일이야 더 말해 무엇 할 것인가. 사람은 지능이 높고 감성이 풍부하기 때문에 주위환경의 영향을 더 크게 받는다. 더욱이나 커가면서 성장발달과정에 따른 육체적, 정신적으로 다양한 변화를 겪기 때문에 부모의 세심하고도 지극한 관심과 정성이 있어야만 아이들을 올바르고 훌륭하게 키울 수 있는 것이다.

우리 부부에겐 세 아이가 있다. 세 아이는 모두 해외에서 태어난 것이나 다름없다. 큰아이는 서울에서 태어나 한 살 때 내가 해외지점에 근무하게 되어 홍콩으로 갔고, 둘째와 셋째는 홍콩에서 태어났기 때문이다.

외국에서 생활하는 우리 아이들로서는 낯선 언어에 대한 어려움과 함께 어려서부터 여러 언어를 습득할 수 있는 기회가 있었다. 이런 상황에서 우리 부부는 앞으로 어떻게 아이들을 잘 교육시킬지에 대해서 많은 고민을 하였다.

그런 고민 끝에 아이들의 언어교육에 대해서 우리 부부는 이렇게 결정했다.

여섯 살 이전 유아시절에는 집에서 한국어만 쓰게 하고, 밖에 나가서는 자연스럽게 광동어Cantonese를 접하게 하도록 했다. 한글은 아내가 집에서 직접 한글 책과 장난감 등을 이용하여 학습과 놀이를 병행하며 교육시키며 철저히 한국어만을 사용하도록 했다.

그러나 이곳 초등학교에서는 특별히 중국어가 우수하지 않으면 상급학교에 진학하는데 어려움이 있었다. 그래서 어쩔 수 없이 영어와 중국어를 주 2회 개인지도 받게 하였다.

이런 상황이 지속되자 막상 한글을 가르칠 시간이 절대적으로 부족했다. 나는 한참 언어 생성기에 있는 아이들에게 한글을 제대로 가르치지 못할까 봐 조바심이 들었다. 우리 부부는 아이들의 정체성을 지키는데 무엇보다 한글교육이 중요하다는 것을 절감하고 있었고, 아무리 여러 외국어를 잘한다 해도 모국어를 제대로 하지 못한다면 진정한 한국인으로 잘살 수 없다는 신념으로 모국어 교육에 온 정성을 쏟았다.

아이들이 유치원에 들어갈 무렵이 되자 구체적인 고민 끝에 해외생활의 기본언어인 영어부터 제대로 익히게 하기 위해 프랑스 계통의 유치원에 입학시켰다.

큰아이가 유치원에 다니고 둘째 아이가 유치원에 입학할 무렵 나는 싱가포르 법인장으로 발령을 받게 되었다. 나는 아이들에게 닥칠 갑작스런 환경변화를 최소화하기 위해 부모님이 계신 고향 진주로 보냈다. 그곳에서 약 4개월 동안 우리말과 글을 배우고 한국문화에 자연스럽게 적응하는 시간을 갖게 한 것이다.

싱가포르로 이사 온 뒤 큰아이는 국제초등학교에 다니게 하고, 둘째 아이는 St. James Holland Road 유치원에 입학시켜 본격적인 영어공부를 시작하게 하였다.

그리고 2년쯤 뒤 나는 개인사업을 시작하게 되었다. 이곳에서 뿌리를 내려야겠다고 결심한 나는 아이들이 학교에서 많은 친구들을 사귈 수 있도록 외국인 학교에서 현지학교로 전학시켰다. 그렇게 큰아이에 이어 둘째와 셋째도 모두 현지학교에 다니게 했다.

싱가포르 현지학교는 영어를 기본으로 사용한다. 나는 아이들에게 제2외국어를 중국어로 택하게 하여 한국어와 영어와 중국어, 3개 국어를 동시에 습득하도록 했다. 특히 집에서는 반드시 한국어를 고집스럽게 사용하도록 했다. 덕분에 아이들의 고생이 컸다.

다행스럽게도 언어의 어려움 외에는 아이들은 모두 공부를 잘 따라갔다. 게다가 수학은 아내가 집에서 직접 가르쳐 별도의 수업을 받지 않아도 되었다. 우리는 아이들의 정서교육을 위해 큰딸은 피아노, 작은딸은 플루트, 아들은 바이올린을 배우게 했다. 악기를 다루면 아이들의 심성교육에 매우 좋을 뿐 아니라, 성장해서도 좋은 취미생활이 될 수 있기에 꾸준하게 연습하게 했다.

그리고 토요일에는 수영장에, 일요일에는 미술학원에 다니게 하였다. 아이들을 수영장과 미술학원에 데려다 주면서 이런저런 이야기를 나누는 것이 내겐 무엇보다 큰 주말의 즐거움이었다.

이렇게 우리는 아이들이 커가는 동안 각자의 소질과 적성을 찾아주기 위해 세심한 관심을 갖고 다양하게 노력하였다.

나는 무엇보다 우리 아이들이 대한민국 사람으로서 자부심을 가지고 그 뿌리를 잊지 않게 하기 위해 최선을 다했다.

아무리 바빠도 일 년에 두 번 매 방학 때마다 꼭 한국에 보내 우리나라의 여러 곳을 다니게 하여 민족의 문화와 정서를 직접 체험하고 익히게 하고, 고향의 어른들과 생활하면서 그 속에서 살아있는 예의와 사랑을 느끼고 배우게 하였다. 또한 바둑과 서예 등도 배우게 하여 전통문화의 소양을 쌓게 하였으며, 한국

TV도 보게 하여 여느 한국 아이들과 다름없는 감각을 갖도록 하였다.

내가 이토록 매년 2번씩 방학 때마다 꼭 아이들을 한국으로 보내어 교육시킨 이유는 이곳 현지 학기 중에는 아무래도 외국어 습득에 시간을 쏟아야 하기 때문에 방학 중에라도 우리말을 듣고, 말하고, 읽고, 쓸 수 있는 충분한 기회를 주기 위해서였다. 이러한 노력을 통해서만이 한국인의 정체성을 지켜나갈 수 있다는 믿음 때문이었다.

하지만 두 마리 토끼를 한꺼번에 잡을 수는 없는 법.

방학 때마다 한국에서 실컷 놀며 모국을 경험하고 가는 것은 좋았으나, 덕분에 싱가포르에 돌아와 학교로 복귀한 아이들은 한두 달씩 성적이 뚝뚝 떨어지기도 했다. 공부욕심이 유독 컸던 큰아이는 눈물까지 흘리면서 한국에서의 시간을 후회하며 속 상해하기도 하였지만, 나는 해마다 한 번도 거르지 않고 아이들을 한국으로 보냈다.

이 모든 노력들이 경제적으로 풍요로워서 한 것은 아니었다. 힘이 들 때도 많았지만 때를 놓치면 아이들의 교육을 성공적으로 할 수 없다는 확고한 신념과 믿음 때문이었다. 이 시절 외국에서 태어나 외국에서 살고 있는 아이들을 한국 아이로 키운다는 자부심 하나로 아이들을 데리고 한국을 수없이 오가던 아내가 고마웠다.

그런 우리 부부의 노력이 결실을 맺어서일까. 돌이켜보면 무척 고생스러웠으나 이젠 모두 잘 자라 행복한 가정을 꾸린 자녀들이 자신들도 엄마, 아빠처럼 아이들을 키우겠다고 하는 걸 보면 고맙고 뿌듯하여 눈시울이 뜨거워진다.

사실 아이들 셋을 외국에서 제대로 교육시키는 일은 쉽지 않았다. 그런 상황 속에서도 이국에서 재외동포로서 사업을 일으키며 아이들을 제대로 교육시키기 위해 우리 부부는 실로 최선의 노력을 다했다.

큰아이가 고학년이 되자 한국 TV 프로그램 중에서 퀴즈나 연예오락, 교육방송 등 매주 3~5개의 방송을 비디오 테이프에 녹화하여 아이들에게 보여주었다. 그 덕분인지 한국에서 유행하던 의상이나 노래, 연예인 등을 잘 알고 있어 또래를 만나도 대화의 단절 없이 소통을 잘하며, 싱가포르 현지에서뿐만 아니라 한국에서도 많은 친구들을 잘 사귈 수 있었다. 사람들이 한국에서 자란 것으로 착각을 할 정도였다.

그러나 나름대로 노력을 기울였음에도 불구하고 현지 학교에서 외국어로 교육을 받으며 싱가포르 친구들과 어울리다 보니 아무래도 아이들의 한글이 서툰 것은 어쩔 수 없었다.

그래서 당시 사업으로 매우 바쁠 때였지만 가능하면 일찍 퇴근하여 아이들이 한글을 제대로 익힐 수 있도록 많은 시간을 투자하였다. 나는 매일 한글로 된 성경책을 아이들과 큰 소리로 읽었다. 큰아이가 1챕터, 둘째 아이가 2챕터, 셋째 아이가 3챕터, 아내와 내가 마지막 챕터를 읽으며 일년 동안 신구약 성경을 다 읽게 하였다.

〈제왕기〉편을 읽을 때는 살인 등 어려운 주제 때문에 호기심 가득한 아이들이 초롱초롱한 눈빛으로 질문을 쏟아내어 아내와 나를 당황하게도 했지만, 나중에 이따금 성경을 인용하여 글을 쓰는 것을 보면서 대견하고 흐뭇하기 이를 데 없었다. 이렇게 매일 아이들과의 한글읽기를 게을리하지 않았다.

더불어 한글을 더욱 체계적으로 교육시키기 위해 당시 한인사회가 매주 토요일에 운영하는 한글학교에도 보냈다. 비록 토요일 하루 수업이었지만 국어, 산수, 사회 등 우리나라 교과과정에 따른 과목을 한국어로 가르치기 때문에 해외에서 자녀교육을 해야 하는 한인들에게는 더없이 소중한 기회였다. 그래서 세 아이 모두 주말 한글학교에 보내는 일을 게을리할 수 없었다.

덕분에 금요일이면 한글학교 숙제를 하느라 다음날 배울 것을 예습하느라 초저녁부터 자정까지 장터보다 더 시끌시끌하던 광경이 지금도 눈에 선하다.

그러나 현지 아이들과 다름없는 우리 아이들이 한국어로 된 교과수업을 따라가는 일은 쉽지 않았다. 방과 후 시험지를 받아오거나 받아쓰기 공책을 보면 성적이 엉망이기 일쑤였다. 우리도 속상했지만 문제는 아이들이 크게 실망하는 것이었다.

항상 지기 싫어하고 현지학교에서도 뛰어난 성적으로 우등생이었던 큰아이는 속상한 마음에 눈물을 흘리기도 했다. 그도 그럴 것이 학교에서 늘 우등생이었던 아이들이 토요 한글학교에만 가면 자신이 바보가 된 것처럼 느껴졌을 테니 당연했을 것이다. 그러다 보니 세 아이 모두 한글학교를 가지 않겠다고 떼를 쓰기 시작했다. 그때마다 달래어 학교에 보내는 것이 보통일이 아니었다.

사실 한글학교는 운동장도 없는 데다 선생님도 부족했다. 그런 데다 함께 공부하는 아이들이 대개 서울에서 온 지 얼마 안되는 한국 아이들이다 보니 우리 아이들이 처지고 힘든 것은 당연한 것이었다.

아이들이 너무 자존심 상해하는 모습을 보노라니 토요학교에 계속 보내야 할지 말아야 할지 잠시 망설여지기도 했다. 사실 토요학교에 다니던 교포자녀 중 반 이상이 중도포기를 했다.

그러나 나는 아이들을 설득도 하고 강요도 해가며 끝까지 한글학교에 보냈다. 아내가 큰아이를 집중적으로 가르치다 보니 둘째와 셋째는 내 몫이 되어 금요일 오후엔 모든 일을 제쳐놓고 일찍 귀가하여 아이들에게 한글을 지도했다. 그런데 읽기를 시켜놓고는 맘에 안 들어 머리를 자주 쥐어박았더니, 아이들은 지금도 그때 그 금요일 밤이 지옥 같았다고 이야기한다.

한글학교에 다녀온 아이들은 스트레스를 많이 받았다. 나는 힘들어하는 아이들을 위해 바닷가나 식물원, 공원 등으로 소풍을 데리고 다니며 용기를 북돋아주며 다시 한글공부를 위해 토요학교에 보내는 노력을 매주 계속하였다.

그렇게 고생하며 보낸 덕분에 한글실력은 저축하듯이 쌓여, 아이들이 커서 한국에서 생활하는 데 아무 문제가 없게 되었다.

사실 큰아이가 중등학교에 진학할 무렵에는 사업을 시작한지 얼마 안 되어 여유가 없었고, 무엇보다 아이들을 곁에 두고 싶어 싱가포르 현지 학교를 다니게 했다.

그러나 나는 큰아이를 한국대학에 보내기로 작정하곤 한국 중·고등학교에서 여름방학 때마다 매년 2~3개월씩 한국 또래 학생들과 청강생으로 수업을 받게 했다. 마침 아이들 막내이모가 교사인지라 도움이 되었다.

큰아이는 고등학교 여름방학 때 연세대학교 어학당을 수료하면서 최우수상을 받았다. 그렇게 한국에서 감각을 익히게 한 덕분으로 연세대학교에 무리 없이 진학하게 되었다. 대학에 입학해서도 적응을 잘하며 공부를 잘하는 모습을 보며 나는 마음이 놓였다. 큰아이를 대한민국의 자랑스런 딸로 만들었다는 자부심에 가슴이 뿌듯했다.

큰아이는 대학 졸업과 동시에 아리랑 TV 앵커로 근무하다가 'CHANNEL NEWS ASIA' 싱가포르 국영방송사 아침 PRIME TIME(06:00~09:30)의 앵커로 11년간 근무하였다. 싱가포르 CNA는 중국, 인도, 인도네시아 등 22여개국에서 약 3억 명의 시청자를 가진 아시아 최대 방송국이어서 아시아 여러 나라 출장 중에도 매일 아침 화면으로 아이를 만날 수 있어 기쁘기 그지없었다.

큰아이는 2008년 남편을 만나 결혼하고 세 아이의 엄마로서 아이들 교육을 위해 방송 일을 잠시 접어두고 있다. 큰딸의 남편은 캐임브리지Cambridg 대학을 졸업하고 현재 싱가포르 기업에서 전략기획 담당 임원으로 근무하고 있다.

그러나 큰아이와는 달리 둘째와 셋째는 영어로 공부할 수 있는 미국으로 보내야겠다고 결심했다. 1994년 12월 미국 사립 중·고등학교 입학 허가증을 받고 1995년 9월에 입학하기로 결정이 났다. 아이들이 싱가포르 현지 중학교를 마치자 이번에는 다시 한글공부를 위해 서울 종로5가(옛 서울대학교 문리대 교정)에 있는 국제교육진흥원에 입학시키기로 마음먹었다.

토요학교에 다니는 것을 힘들어했던 터라 아이들은 미국대학에 가는데 미국 학교에 필요한 공부를 해야지 왜 또 한글공부를 해야 되는지 불만이 많은 눈치였다. 그러나 미국에서 공부하게 되면 앞으로 한글공부를 할 기회가 없을 것 같아 국제교육진흥원에서 왜 공부를 해야 하는지 이유를 충분히 설명했지만 어린 아이들로서는 이해하기 힘들었는지 선뜻 따라주지 않았다.

게다가 국제교육진흥원에서는 고등학교를 수료한 학생이거나 대학교 재학생을 대상으로 가르치는 곳이기 때문에 나이가 어린 우리 아이들은 입학 대상이 아니라며 처음에는 거절당했다. 그러나 나는 포기하지 않고 직접 찾아가 자초지종을 얘기하며 사정했다. 그러자 원래 6~12개월 과정을 4개월 과정으로 조정하여 입학 허가를 해주었다.

국제교육진흥원은 동포 자녀들을 대상으로 한국어로 강의하면서 서울에 있는 대학교에 입학할 수 있게 돕는 기관으로, 학비는 국가 부담이고 재일교포들이 모금하여 마련한 현대식 기숙사는 본인 부담으로 저렴했다. 기숙사에는 재일, 재미, 재중 동포 재학생이 약 300명 정도가 있었다. 그러나 늘 정원보다 신청자가 많아 대기 명단에 올려 입학을 기다려야 할 만큼 인기가 많은 곳이었다.

당시 나는 어렵사리 아이들의 입학 허가를 받게 되어 얼마나 기뻤는지 주님께 감사의 기도를 드렸다. 그러나 나는 아이들을 기숙사에 넣지 않고 서울에서 등하교를 하면서 서울지리도 익히게 할 요량으로 방배동에 아파트를 얻어 2호선 전철을 타고 다니게 하였다. 처음에는 힘들어하던 아이들도 곧 익숙해져 6시간 수업이 끝나면 서울 거리를 자유롭게 다니며 즐거운 시간을 보냈다. 지금도 아이들은 그때의 추억을 즐겁게 이야기하곤 한다.

국제교육진흥원에서 제일 어린 꼬마들이다 보니 재학생 언니, 오빠들이 처음에는 의아해하였지만 영어, 중국어, 한국어를 모두 능숙하게 하는 우리 아이들이 재미·재중 학생들 간의 통역을 도와주자 귀여움을 독차지하게 되었다. 전쟁 같던 토요학교와는 다르게 국제교육진흥원에서는 자기들보다 나이 많은 학생들에게 도움을 주면서 인기 많은 학생이 되자 한글공부도 더욱 신명 나게 하였다. 4개월의 짧은 과정이었지만 덕분에 아이들의 실력이 몰라보게 쑥쑥 늘었다.

1995년 8월 미국 중학교 개학을 맞춰 아이들은 미국으로 갔다. 한국에서의 한글교육이 성과를 발휘하여 둘째와 셋째가 미국에서 한글로 편지를 보내올 때마다 참으로 흐뭇했다.

사업이 안정 궤도에 접어들면서 경제적으로도 여유가 생기자 나는 미국 서부와 동부 쪽 사립학교를 검토하기 시작했다. 싱가포르는 더운 곳이라 반대 기후에서 생활해보는 것도 좋은 경험이 될 것 같았고, 게다가 동부 쪽에는 좋은 대학이 많았다. 나는 6개월 동안 보스턴 근처 기숙사가 있는 명문 사립학교를 모두 조사한 뒤 최종 10개 학교를 골라 인터뷰 신청을 하고 1994년 9월 입학사정관을 만났다.

사정관들은 싱가포르 출신 학생들이 공부도 열심히 하고 영어를 잘한다며 환영하며 우리가 선택한 학교에 갈 수 있을 거라는 긍정적인 답변을 해주었다. 면접을 마치고 나는 아내와 함께 깊이 생각한 후 아직 아이들이 중학교 3학년이라 어려서 같은 학교에 보낼까도 했지만, 독립심도 길러주고 독자적으로 생활하는 환경을 만들어 주기 위해 둘째는 한 시간 거리에 있는 St. MarkSouthborough MA에, 셋째는 Milton AcademyMilton MA에 보내기로 결정했다.

1995년 9월 아이들을 각각 해당 학교에 보내고 27시간이나 걸려 비행기를 타고 보스턴에서 다시 싱가포르로 돌아오면서, 아내는 괜히 어린 아이들을 따로 떼어놓았다며 눈시울을 적셨다.

그렇지만 나는 그때 모질게 결정한 것이 결과적으로는 아이들에게 지금의 강건한 정신을 갖게 하였다고 믿어 의심치 않는다. 아이들도 좋은 학교에서 자랑스럽게 공부하고 생활할 수 있는 기회를 주셔서 감사하다고 늘 말하곤 한다.

학비와 체재비가 연 USD 100,000불에다 기타 비용 등으로 허리를 졸라매야만 했지만 성숙하고 합리적인 어른으로 잘 성장한 아이들을 볼 때마다 그때 나의 결정이 현명한 판단이었다고 생각한다.

그렇게 미국에서 공부를 시키면서도 둘째는 고등학교 3학년 여름방학 때 서울대학교 어학당에서 한국어 공부하게 했으며, 셋째는 대학 1학년 때 연세대학교 어학당에 보내 한국어 수업을 받게 했다.

그뿐 아니라, 대학생이 된 후에도 아이들을 지속적으로 우리나라에 보내 우리 문화를 알게 하는 데 소홀히 하지 않았다. 여름방학 동안 동포 대학생들을 초청하여 국내 대학생들과 함께 국토순례, 산업시찰 등을 하며 조국의 발전상을 알리는 정부 프로그램 등을 놓치지 않고 매년 세 아이들을 참여하게 했다. 포항제철, 삼성전자, 설악산, 경주 등을 답사하는 일주일 과정을 마친 아이들은 한국에 관한 지식과 지혜를 터득하고 국내외의 다양한 친구들을 새롭게 사귈 수 있는 소중한 시간을 가졌다.

결론적으로 말하자면 언어란 사용하지 않으면 퇴보하므로 한국사람이라면 한국어 공부를 결코 게을리해서는 안 된다. 그 것은 선택이 아니라 필수불가결한 것이기 때문이다. 그리고 이 모든 것은 부모의 몫이다. 부모가 모국어 학습을 위해 다양한 정보를 만들어 제공하지 않으면 아이들 스스로는 하기 어렵기 때문이다. 그래서 나는 어떠한 상황에서도 아이들이 도태되지 않도록 독려하며 기회를 만들어주는 데 최선을 다했다.

고등학교를 졸업한 둘째는 미국의 여러 유수한 대학에서 입 학허가를 받았다. 그러나 홍콩에서 태어나고 싱가포르, 미국에 서 자란 아이가 대학까지 미국에서 졸업하면 자칫 한국과 멀어 질 것 같아 나는 아이를 설득하여 한국대학에 진학하도록 하였 다. 결정이 서자 고등학교 졸업식 다음날인 1998년 5월 25일에 곧바로 서울로 보냈다.

미국에서 중고등학교를 마친 아이를 한국 대학에 보낸 것은 사실 지금 생각해도 참 냉정하다 싶은 결정이었다. 하지만 한국 인으로서 아이의 장래를 멀리 내다보고 한 결정이었다. 다행히 둘째는 부모의 뜻을 잘 따라 한국에서 6개월 동안 열심히 공부하여 그해 11월 서울대학교 사회과학대학에 진학하였다.

아이가 졸업하는 데 한 6년쯤은 걸리겠지 생각했는데 4년 만에 졸업했다. 그리곤 서울에서 직장생활을 하고 싶다며 미국 회사 TYCO에 입사하였다. 이후 서울과 동남아 싱가포르 본사에서 4년을 근무한 뒤, 에센추어로 회사를 옮겨 인사과장으로 근무하였다. 결혼하고 나서는 자녀를 둘 낳은 후 유치원에 갈 때쯤 다시 회사로 복귀하였다. 그리고 육아로 인한 공백을 메우기 위해 주경야독으로 싱가포르에서 MBA과정을 마친 후, 현재 한국 대기업 글로벌 부서 인사담당 차장으로 근무하고 있다. 둘째 사위는 연세대학교 의과대학을 졸업하고 박사학위 취득 후 현재 연세대학교 병원에서 의사 및 교수로 근무 중이다.

셋째는 고등학교를 졸업하고 1999년 뉴욕 컬럼비아대학교에 입학하여 공학, 경영학 복수전공으로 학위를 취득했다. 아들이 졸업할 당시 미국 전역은 경기 침체로 취업난이 극심했다. 전 세계 취업난이 얼마나 어려웠는지 우수한 컬럼비아 대학교 졸업식장에 졸업생들이 "GIVE ME JOB"이라는 피켓을 나올 정도였다.

그런 상황 속에서도 아들은 기특하게 세계 유수의 컨설팅 회사인 Ernst&Young에 입사해주었다. 유수의 명문대를 나온 미국인들도 취업이 어려운 때, 대견스럽게도 대학 다닐 때 유학생

회장으로 활동한 것과 여러 차례 인턴 경험(KOSDAQ, HSBC Bank, Arthur Anderson)으로 좋은 평가를 받아 치열한 경쟁을 뚫고 스스로 일자리를 구한 것이다. 그래도 아들은 겸손하게도 단지 남보다 운이 좋았을 뿐이란다.

아들은 후에 CITI Bank로 옮겨 컬럼비아에서 석사학위를 받은 뒤 유치원과 초등학교 때 배운 중국어로 중국 칭화대 MBA 과정을 수료하고, 지금은 미국에서 CEO로 근무하며 국제 비즈니스맨으로 성장했다.

아들과 2008년에 백년가약을 맺은 며느리는 아들과 동문으로 학부와 대학원을 졸업한 후 현재 한국기업 미래전략기획담당 임원으로 근무하고 있다. 이렇게 다들 열심히 일하며 행복한 가정을 꾸려가고 있으니 이보다 더한 행복이 어디 있을까!

내가 아이들을 키우면서 가장 잘한 것은 해외에서 35년을 넘게 살면서도 아이들을 모두 한국어도 잘하고 외국어도 능통한 세계 속의 자랑스러운 한국인으로 성장시킨 것이라 감히 자부한다.

사람들은 우리 부부를 보며 모두 자녀교육을 잘 시켰다고 부러운 시선으로 비결을 묻곤 한다. 그러면 나는 무슨 특별한 방법이나 기술이 있는 것은 아니라, 그저 정성을 다하고 일찍 자식들의 소질과 특성을 파악하여 그 길로 인도해 주고, 아이들이 각자의 꿈을 펴갈 수 있도록 최적의 환경을 만들어 준 것밖에 없다고 답을 드릴 뿐이다.

학교교육, 사회교육도 중요하지만 가정에서 배운 인의예지仁義禮智의 기본교육과 부모의 실천적 가르침과 정성이 자녀미래의 전부라 나는 아직도 굳건히 믿고 있다.

그러나 줄탁동시啐啄同時 란 말이 있다. 알 속의 병아리가 껍질을 깨고 나오기 위해서는 껍질 속에서 병아리가 쪼는 동시에, 어미 닭도 밖에서 알을 쪼아 주어야 알을 깨고 무사히 나올 수 있다는 말이다. 즉 병아리가 알에서 나오기 위해선 어미 닭과 병아리가 동시에 노력해야 한다는 뜻이다.

손뼉도 마주쳐야 소리가 난다는 말처럼, 아무리 부모가 노력해도 아이가 따라주면 않으면 원하는 좋은 결과를 얻을 수는 없다. 우리 부부도 최선을 다했지만, 아이들도 거기 못지 않게 부모를 잘 따르고 스스로 열심히 공부한 착한 아이들이었기에 가능했던 것이다.

아버지, 아들, 그리고 가훈

가훈은 한 가정의 인생관과 철학관이 응축된 교훈서다.

우리 집 가훈은 격변하는 혼란기를 온몸으로 겪어 오신 아버지가 자식들이 세상에서 빛과 같은 사람으로 성장해주길 바라는 간절한 염원을 담아 삶의 필수덕목을 집약해놓은 소중한 가르침이다.

가훈은 중국에서부터 유래되었다. 이른바 '가훈류의 비조鼻祖'로 꼽히는, 남북조시대 안지추顔之推의 가훈『안씨가훈顔氏家訓』은 중국뿐 아니라 동양 전통사회에서 1400여 년에 걸쳐 널리 칭송된 명저다.

『안씨가훈』은 소박하고 검소한 가정생활을 이상으로 삼으면서도, 실질적인 처세處世에 관한 인생 지침과 더불어 학문·교양·사상·생활양식과 태도, 인간관리와 교제방법, 언어·잡예雜藝 등등에 대해 두루 가르침을 주고 있다. 특히 구체적인 경험과 사례를 수록해 실제생활에서 유용하게 활용할 수 있어 곁에 가까이 두고 삶의 지혜로 삼을 만한 유훈서이다.

우리나라의 유명한 가훈으로는 김유신金庾信 집안의 '충효'와 최영崔瑩 집안의 '황금 보기를 돌같이 하라' 등이 있다. 또 조선 후기의 실학자 이익李瀷은 가훈을 무려 10권이나 되는 저서로 남겼다.

이렇듯 우리나라 명가名家에는 당연히 이름난 가훈이 있었다. 그러나 최근에는 가훈이 있는 집이 많지 않은 것 같다. 요즘 누가 촌스럽게 가훈을 따지냐는 사람들도 많다. 그러나 이런 세태는 젊은 부모들이 자식들에게 직접적인 가르침을 주지 못하고 있다는 반증에 다름 아니다.

전에는 조부모와 부모가 가르침을 주는 '집'이 바로 '제1의 학교'였다. 그래서 비록 정규학교를 다니지 못하더라도 당시 사람들은 인간으로서 지켜야 할 최소한의 예절과 도덕성 등을 자연스럽게 갖출 수 있었다.

그런데 지금은 교육을 도맡아하는 주체가 부모가 아닌 학교나 학원 선생이 되어버렸다. 물론 다 그렇진 않겠지만 과연 밖에서 배운 것들이 지식이 될지언정 삶의 참다운 지혜와 교훈이 될 수 있을지는 솔직히 의문이다.

가훈을 만든다는 것은 한 가족의 구성원이 이 세상을 함께 살아가면서 지켜야 할 최소한의 규칙을 정하는 것이다. 이러한 가훈이 근간이 되어 더 큰 사회의 도덕과 공동규범도 만들어진다. 한 가정의 가훈이 바로 서야 사회의 도덕과 질서가 바로 설 수 있으며 그로 인해 모두가 안전하고 편안해질 수 있는 것이다. 그러니 이처럼 최초의 사회규범인 가훈이야말로 부모가 아이들의 행복을 위해 물려줄 수 있는 가장 큰 유산이 아니고 무엇이랴.

내 아버지는 공무원이셨다. 그래서인지 매사에 언행이 반듯하고 청렴하셨다. 내가 중학교에 입학할 무렵, 아버지께서는 나를 부르시더니 커다란 종이 한 장을 보여주셨다. 그림 9호쯤 되는 크기의 종이에 붓글씨로 12가지 항목의 가훈이 큼지막하게 쓰여 있었다. 아버지는 그것을 대청 한가운데 턱 하니 붙여놓으셨다. 그 후 어디로 이사를 가든지 우리 집 대청에는 항상 가훈이 걸려 있었다. 아버지께서 공무원 시절에 받으신 이승만 대통령 표창장 아래 아버지의 사진과 나란한 위치였다.

아버지께서는 자식들이 인간으로서 가져야 할 기본 도리와 인격을 바르게 갖추길 바라는 마음으로 당시 국민교육헌장에 비할만한 엄한 사랑이 가득 담긴 훈육 지침을 내리신 것이다.

아버지께서는 우리들에게 매일 소리 내어 가훈을 읽게 하셨다. 어쩌다 형제들 간에 싸움이라도 있을 때면, 둘 다 가훈 아래 앉혀놓고 큰소리로 함께 읽게 하셨다. 그런데 신기한 일은 처음엔 화나고 억울해서 분이 삭지 않던 마음이 그렇게 한참을 읽다보면 어느 사이 차분히 가라앉곤 했다. 뿐이랴, 나아가 어린 마음에도 나름의 반성과 다짐이 새록새록 생겨났던 것이다.

이렇게 어린 시절 형제간의 싸움에 특효약이자, 나아가 부모

아버지 말씀을 잘 듣자.
아침에 일찍 일어나고 저녁에는 일찍 자자.
정리 정돈을 잘 하자.
아는 것이 힘이다. 공부를 열심히 하자.
어른을 공경하고 인사를 잘 하자.
정직하고 성실한 사람이 되자.
부지런하고 시간을 잘 지키자.
형제들 간에 사이좋게 지내자.
약속을 잘 지키고 거짓말을 하지 말자.
물건을 아껴 쓰고 절약하자.
몸을 항상 깨끗이 하고 운동을 열심히 하자.
이웃을 잘 섬기고 남을 잘 돕자.

님에 대한 효심과 이웃사랑의 마음을 키워준 우리 집 가훈을 소개한다.

보다시피 우리 집 가훈의 첫 번째 항목은 '아버지 말씀을 잘 듣자.'였다. 아버지 말씀을 잘 듣자니, 그럼 어머니 말씀은? 지금 보면 이상해보일 수도 있을 것이다. 나도 당시엔 '왜 부모님 말씀이 아니라 아버지 말씀일까' 속으로 의아해 하기도 했다. 그러나 1950년대는 철저한 가부장 시대였다. 아버지 말씀이 곧 집안의 법이었다. 그런 맥락에서 생각하자면 충분히 이해가 가고도 남는 대목이다.

그러나 말이 쉽지, 어린 우리들로서는 저 가훈대로 산다는 게 결코 쉬운 일은 아니었다. 아침에 일찍 일어나고 저녁에 일찍 자고, 공부도 잘하고, 정직하고 성실하고 부지런하고 약속을 잘 지키고 거짓말도 하지 않고 물건을 절약하고, 어른은 잘 공경하고 형제들과는 사이좋게 지내고, 이웃을 잘 섬기고 남도 잘 도와야 한다는 이 12개 항목을 우리가 다 지켜내기란 실로 버거운 일이었다. 그래서 우리 형제들은 가훈을 매일 읽지 않으려고 있는 꾀, 없는 꾀를 다 짜내기도 했다.

그런데 언젠부터였을까. 아버지의 가훈은 명심보감明心寶鑑의 명언처럼 머릿속에 단단히 박혀 나의 모든 일상생활을 지배하고 있었다. 싫든 좋든 매일 외우고 때때로 아버지께 점검받았던

탓일까. 성인이 되어서도 가훈은 내 몸에 체화되어 은연중에 실천하고 있었던 것이다. 마치 가톨릭 신자가 매일 10계명을 외우다보니 저절로 계명을 지키게 되는 이치처럼 말이다.

그렇게 아버지의 가훈은 내 영혼과 육신에 각인되어 온전한 나를 이루고 있었으며, 정신적 대들보가 되어 나의 삶 전체를 떠받들고 있었다. 나이가 들수록 내게 삶의 방향을 가르쳐주신 아버지에 대한 고마움이 더 크다.

어느덧 세월이 흘러 나도 가정을 꾸린 후, 나만의 가훈을 정하게 되었다.

내가 정한 우리 가족의 가훈은 '호연지기浩然之氣'다. 공명정대하고 부끄러움 없는 마음과 굳센 용기로 넓고 큰 세상에서 활기 넘치게 살자는 의미다.

먼 이국땅에서 사는 우리 아이들에게 필요한 것은 무엇보다 크고 높은 이상과 용기 있는 행동철학이라 믿어 의심치 않아서였다. 가훈을 정한 뒤, 나도 그 옛날 아버지처럼 붓글씨로 크게 써서 가족들이 매일 보는 벽에 붙여놓았다.

아들 녀석이 뉴욕 컬럼비아 대학에 입학했을 때 일이다. 1999년 8월 기숙사에 입사入舍하던 날, 나는 아들의 책상 앞에 몇 가지 지침을 써서 붙여놓고 왔다.

그리고 아들에게 연락이 올 때마다 이를 잘 지키고 있는지

늦잠 자지 말 것.
식사는 제때에 할 것.
정리 정돈을 잘할 것.
공부를 열심히 할 것.
일주일에 한 번 부모님께 전화할 것.

확인하곤 했다. 그러나 지금 생각하면 아들에겐 만만찮은 스트레스였을 것 같다.

  그러나 비록 힘들다 하더라도 나는 누구에게나 가훈과 같은 인생의 지침서가 꼭 필요하다고 믿는다. 매일 매일의 자기 다짐이 곧 자신의 미래가 되고, 어릴 때의 작은 습관 하나가 자신은 물론 세상을 변화시키는 데 큰 거름이 된다는 것을 확신하기 때문이다.

  나는 칠순이 되어서도 아버지의 교훈을 지키려 노력하고 있다. 나아가 매년 1월 3일에는 그해의 개인목표個人目標를 정해서 일 년 동안 그 목표를 이루기 위해 최선을 다한다.

  2015년 을미년乙未年의 내 목표는 '예속상교禮俗相交와 환난상휼患難相恤'이다. 봉사와 배려의 마음으로 '예의 있는 풍속으로

어느덧 아버지의 가훈은 내 영혼과 육신에 각인되어
나의 삶 전체를 떠받드는 대들보가 되어 있었다.
나이가 들수록 그런 아버지가 더 고맙고 그립다.

서로 사귀고, 어려운 일이 있을 때 도와주자.'라는 의미다. 나는 이 글을 사무실 정면에 붙여 두고 오늘도 성심껏 실천하고자 노력하고 있다.

2018년에는 내 인생의 주인으로 살고, 흔적이 남는 인생으로 살자. 언제든 만나도 반가운 사람으로 고마운 사람으로 사랑스러운 사람으로, 금방 만나고 헤어져도 또 만나고 싶은 그런 사람이 되자.

갈수록 살기 어려워지고 인간관계가 척박해지는 요즘 같은 시대에 '아름다운 공존'보다 더 큰 가치는 없을 것이다. 서로 돕고 서로 존중하지 않는 세상에서 어떤 인간이 홀로 행복할 수 있을 것인가. 봉사와 헌신은 그저 자신의 시간을 조금 할애하는 수준 높은 취미생활이 아니라, 사람이라면 모두가 해야 할 하늘로부터 내려진 사명이다.

그래, 사명을 받아들여 성심을 다하는 삶……, 올해 제대로 한번 해볼 요량이다.

뜻이 있는 곳에 길이 있다 하지 않았는가.

아내에게 보내는 편지

오늘 새벽, 딸아이 내외와 함께 맥리치 정글 숲속의 오솔길을 걸었소. 6km나 되는 길을 걷다보니 제법 시간도 걸리고 힘도 조금 듭디다. 그러나 길을 따라 펼쳐진 아름다운 정경과 맑은 호숫가에서 카약을 타며 환호성을 지르는 싱그러운 젊은이들의 모습에 나도 젊어지는 느낌을 받았다오.

당신은 그때 잠시 서울을 방문 중이었지만, 매일 습관처럼 아침 일찍 집 뒤 매봉산에 오르고 있었다고 들었소. 아무리 멀리 떨어져 있어도, 우리들의 일상은 지난 40년 세월이 그러했듯 참으로 닮았구려.

나는 아직도 우리가 처음 만난 순간을 또렷이 기억하고 있소. 그 첫 순간이 바로 당신과 결혼해야겠다고 결심한 순간이었기 때문이오. 이른 봄날 찾아온 따스한 햇살 같던 당신 때문에 내 가슴이 얼마나 뛰었는지 당신은 짐작도 못 할 거요.

하지만 결혼은 환상이 아니라 생활이라, 티격태격 다투기도 하고 때로 서운한 적도 있었지만, 오랜 세월이 훌쩍 흐르도록 우리는 맞잡은 손을 서로 한 번도 놓지 않았소. 그렇게 서로를 이해하고 위로하고 맞춰서 살아온 세월, 이젠 아예 쌍둥이처럼 꼭 닮아버렸구려.

음식을 고르는 입맛도, 꽃을 좋아하는 성격도, 작은 언덕과 오솔길을 걷는 취미도…… 한국과 싱가포르, 이렇게 먼 하늘 아래 있어도 서로의 일과를 훤히 꿰뚫을 정도로 우리는 하나구려.

미국으로 아이들 모두 유학 보내놓고 그 먼 미국 길을 마다 않고 아이들 뒷바라지에 헌신했던 당신에 대한 고마움도 나는 결코 잊지 않을 거요.

그렇소. 우리는 늘 서로를 위해 살았소. 세계 곳곳을 여행할 때면, 가는 곳마다 빠지지 않고 성당을 찾았고 당신은 나를 위해, 나는 당신을 위해 하느님께 기도를 드렸소. 그렇게 우리 둘의 마음은 언제 어디서나 하나였소.

남미 마추피추 꼭대기 티티카카 호숫가에 올랐을 때 기억나오. 어디선가 들려오는, 현지인 아이들이 부르는 한국 동요에 당신과 나는 동시에 눈물을 지었고, 동시에 약속이나 한 듯 흐뭇한 마음으로 기부금을 내지 않았소.

나와 가족을 위해 최선을 다 하면서 이웃에게까지 늘 선행을 베푸는 당신의 모습은 정말이지 언제나 너무도 아름다웠소. 무엇보다 내가 하는 일이라면 무엇이든 아무 말 없이 따라주던 당신의 믿음과 지혜로운 조언은 내게 가장 큰 힘이자 위로였소.

중국 운남성의 좁은 절벽 길을 오르는 길에 내 손을 꼭 잡은 당신의 손에 힘이 더해져 그 뜨거운 열기가 전해올 때, 나는 마치 스무 살 시절로 다시 돌아간 듯 가슴이 뛰었다오. 그리고 새삼 당신이 나의 일부임을 온몸으로 느꼈다오. 그리고 그 사실에 얼마나 감사하고 행복했는지.

내가 갑작스럽게 수술을 하게 되었을 때, 내 곁에서 한숨도 못 자고 안절부절 하던 당신의 모습을 보며 당신이 얼마나 고맙고도 안쓰럽던지…….

그때 난 결심했소. 꼭 다시 일어나, 함께 호연지기浩然之氣 하자던 우리의 약속을 기필코 지키리라고!

그렇게 서로를 이해하고 위로하며 살아온 세월,
우린 아예 쌍둥이처럼 꼭 닮아버렸구려.
꽃을 좋아하는 것도, 작은 언덕과 오솔길을 걸으며
행복해 하는 것도…

내 인생의 동반자, 그리고 지상의 희로애락을 함께해온 내 영혼의 뮤즈!

내게 남은 행복과 기쁨이 그 무엇이든, 그것은 늘 당신과 함께일 것이오.

2014년 갑오년 8월 어느 비 오는 날에
2018년 무술년 8월에도 또 한 번 다짐

인생 70년 여정 旅程

당나라의 시성 두보杜甫는 '곡강曲江'에서 '인생칠십고래희人生七十古來稀'라 했다. 그런데 두보는 쉰아홉 해밖에 못 살다 갔으니, 당시엔 칠십을 넘기는 것이 최고의 희망사항이었나 보다.

어찌 어찌 살다 보니 나 또한 그 나이가 되었다.

그런데 문제는 요즘 70세를 노년이라 할 수 없는 애매한 상황이 되었다는 것이다. 70세에 창업을 하는 사람이 있는가 하면, 세계 일주에 도전하는 사람들도 있으며, 그 나이에 재취업해 활발하게 사회생활을 하는 사람들도 얼마든지 찾을 수 있다.

이제 더 이상 나이는 삶의 족쇄가 아닌 시대가 된 것이다. 물리적 나이보다는 각자가 정신적으로나 육체적으로 자신을 얼마나 잘 관리하느냐가 중요한 시대가 된 것이다. 나 역시 70세야말로 인생의 황금기이자 새로운 인생의 출발점이라 확고히 믿고 있다. 물론 이렇게 행복한 황금기를 맞기 위해서는 각 나이 대에 필요한 노력이 있었기에 가능하다는 것을 간과해서는 안 될 것이다.

수명이 늘어나 더 오래 살게 된 것은 누군가에게는 축복이지만, 노년에 대한 준비 없는 사람들에겐 재앙일 수 있다. 길어진 수명이 축복이 되기 위해서는 그러므로 인생의 단계 단계에서 필요한 일들을 반드시 완수해야 한다.

그런 의미에서 나의 지난 70년을 반추해보고자 한다.

내겐 대략 10년 단위로 그 기간이 의미하는 바와, 그때 집중적으로 기울였던 노력들이 조금씩 달랐다.

태어나서 열 살까지는 의지의 시기였다

태어나 걸음마를 떼고, 말을 배우고, 부모님의 신체의 일부로 크다가 처음 학교라는 사회에 접하며 의지依支의 시절을 보냈다.

그 후 스물까지는 성장의 시기였다

학업에 매진하며 또래들과의 공동체 속에서 사회생활을 배우며 이성과 정의에 눈을 뜨게 되었다. 하지만 부모님의 도움 없이 완전하게 일어설 수 없던 성장의 시절이었다.

스물부터 서른까지는 고난의 시기라 부르고 싶다

이 시기 나는 대학에 진학하고 국방의 의무를 수행하며, 미래를 위해 책임감을 가지고 정신과 육체를 단련했다. 그리고 인생계획에 따라 취직을 하고 독립을 준비했던, 가장 희망적이면서도 성인으로 홀로 서기 위해 많은 변화를 겪어야 했던 힘든 고난의 시기였다.

서른부터 마흔까지는 보람의 시기일 것이다

부모님으로부터 독립하여 결혼하고 자식을 낳아 기르며, 사회적 지위를 얻기 위하여 열심히 뛰었다. 낯선 해외에서 근무하면서 투철한 사명감으로 회사와 국가를 위해 능력을 쌓고 후회 없이 사업을 하며 인간관계를 형성했던 보람된 시기였다.

마흔부터 쉰까지는 역동의 시기였다

세계를 상대로 사업을 시작하면서 가족의 행복과 회사의 기반, 국가에 대한 책무를 다하기 위해 '졸면 죽는다!'는 신념과 '사업은 봉사다!'라는 각오로 치열하게 일했다. 그러면서도 자녀 교육과 부모님의 봉양을 책임지며 모든 것을 동시에 다 수행했던 다시없을 역동의 시절이었다.

쉰부터 예순까지는 노력의 시기였다

해외 유학 중인 자녀들의 학비와 생활비를 대면서 사업은 사업대로 확장하고, 사회공헌에도 치중하느라 가장 바빴고 가장 스트레스가 많았던 시기였다. 특히 한인회, 학교 등에서 조직을 만들고 주요 회장직을 맡아 열심히 일하면서 많은 사람들과 인간관계를 맺었다. 멘토Mentor도 되기도 하고 멘티Mentee가 되기도 하면서 공과 사에 최선을 다했던 때였다.

예순부터 일흔까지는 영광의 시기였다

생활도 안정되고 좋아하는 운동도 맘껏 즐길 수 있게 되었다. 자식들이 결혼하여 손녀와 손자가 태어나면서 인생의 행복을 느꼈으며, 그간의 경험으로 쌓은 지식과 지혜를 후학들에게 베풀 수 있는 보람도 느끼게 되었다. 그러면서도 과감히 또 다른 변신을 시도했던 영광스러운 시절이었다.

일흔, 지금부터 10년은 행복의 시기이고 싶다

이 시기는 아직 내가 걸어가지 않은 길로서 새롭게 개척해야 할 기간이다. 이 시기 먼 훗날, 꽤 괜찮은 삶이었다고 스스로 평가할 수 있는 시간을 보내고 싶다. 물론 남들도 그렇게 평가해준다면 더 이상 바랄 것이 없다. 내가 가진 것을 남과 나누고, 원숙해진 나의 경험과 지혜를 후배들에게 더 많이 전할 수 있었으면 좋겠다. 그리고 지금처럼 열정과 희망을 갖고 이 세상을 더욱 행복하게 만드는 데 작은 힘이라도 보태고 싶다.

누구나 인생의 굴곡을 경험한다.

인생의 성패는 고비 고비를 얼마나 잘 극복하고, 그것을 기사회생의 기회로 삼는가에 달려 있다. 아무리 힘든 역경 속에도 반전의 기회는 숨어 있기 때문이다.

그러니 그 어떤 시기든 성공과 환희로 이끌어 줄 도약의 기회라 생각하고, 모진 역경과 고통도 당당하게 이겨 나가야 하리라. 그리하여 맨 마지막에 미소 지으며 사랑하는 가족과 이웃과 더불어 다 함께 행복을 나누는 멋진 사람이 되어야 하리라.

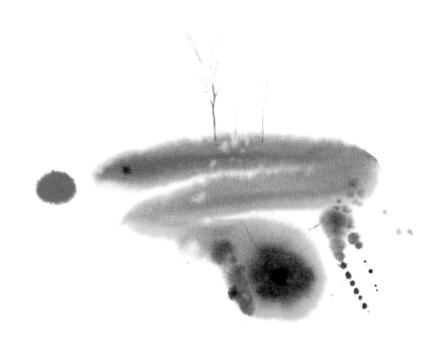

내 앞엔 아직도 '가지 않은 길'이 있다.
먼 훗날, 꽤 괜찮은 삶이었다고 추억할 수 있도록
더 행복한 삶, 더 나누는 삶을 살리라.

손자 돌을 맞아

하나밖에 없는 친손자가 첫돌을 맞이했다.

한껏 신나서 돌잔치를 준비하던 아들이 내게 부디 덕담을 해달라고 요청했다. 나는 잠시 손자 돌날에 무슨 얘기를 해줘야 하나 망설이다가 '나이의 의미'에 대해 알려주는 것이 좋겠다는 생각에 이르렀다.

태어난 지 겨우 한 해밖에 되지 않았지만 앞으로 무궁무진한 인생을 살아가게 될 손자에게 나이의 의미를 바로 알아, 그 나이에 걸맞는 생각과 행동을 하는 훌륭한 사람이 되기를 바라는 마음에서였다.

나이가 든다고 해서 모두가 현명해지는 것은 아니다. 모름지기

인간은 나이에 맞게 지혜로워져야 하고, 그 지혜에 따라 행동해야 한다.

그러나 막상 나이 때마다 무슨 생각으로 무엇을 해야 하며, 나이가 들면 어떻게 사고하고 처신해야 하는지에 대해 제대로 아는 사람은 드물다. 막상 이런 교훈은 부모도 선생님도 가르쳐주지 않았기 때문이다.

그래서 나는 손자 돌날에 나이의 의미에 대해 일러주는 것으로 축하의 마음을 전했다. 다음은 손자 돌날에 내가 준비했던 덕담의 전문이다.

1세는 농장弄璋, 농와弄瓦라 부릅니다.

아들을 낳으면 구슬을 주고, 딸을 낳으면 바느질할 때 실을 감는 실패는 준다는 이야기에서 유래한 것입니다.

2~3세는 제해提孩라고 합니다.

아기가 처음 웃을 무렵이란 뜻입니다.

15세는 지학志學이라 합니다.

학문에 뜻을 두는 나이란 의미로, 공자가 학문의 길에 들어선 나이이기도 합니다.

16세는 과년過年입니다.

'과년한 딸'이란 표현을 들어보셨을 것입니다. 혼기가 찼을 때를 의미합니다.

20세는 약관弱冠, 혹은 방년芳年이라고 합니다.

갓을 쓰는 나이벼슬을 할 수 있는 나이, 꽃다운 나이를 말합니다.

30세는 이립而立입니다.

홀로 서야 한다는 의미입니다.

40세는 그 유명한 불혹不惑입니다.

세상일에 정신을 빼앗겨 지혜와 판단이 흐려지지 않아야 한다는 것입
니다.

50세는 지천명知天命, 모든 것을 알게 된다는 것입니다.

60세는 이순耳順, 세상일을 객관적으로 이해할 수 있는 나이라는 뜻입
니다.

66세는 미수美壽, 지혜롭고 원숙한 노년의 시작을 의미합니다.

70세는 종심從心, 마음먹은 대로 행해도 법도에 어긋나지 않는 나이입
니다.

77세는 희수喜壽, 장수하는 기쁨을 누리는 나이입니다.

80세는 산수傘壽, 88세는 미수米壽, 90세는 졸수卒壽, 99세는 백수白壽,
100세는 상수上壽입니다.

100세를 하늘이 내려준 최상의 수명으로 본 것이지요.

예부터 우리나라에는 66세, 77세, 88세, 99세가 된 어른을 모시고 온

식구가 함께 모여 가족 간의 사랑과 공경을 전하는 아름다운 풍습이 있습니다. 나는 마침 사랑하는 손자 돌에 미수美壽를 맞이하여 행복한 노인의 길로 들어서고 있습니다.

항간엔 66세만 65세를 지공地空의 나이라고 한답니다.

우스갯소리로 지하철을 공짜로 타는 나이, 즉 법적으로 노년이 되는 때란 소립니다. 그러나 지공의 진정한 뜻은 이순耳順, 60세과 종심從心, 70세 사이, 세상의 이치를 제대로 아는 때라고 이해해야 할 것입니다.

나는 지공의 나이에 건강健과 아내妻, 일거리事와 재물財, 그리고 혈육親과 손자孫를 모두 가졌으니 참으로 행복한 노년입니다. 바로 우리 손자 이한이가 이 할아비를 세상 누구보다 행복한 사람이 되도록 해주었기 때문입니다.

그래서 저는 오늘 무척 행복합니다.

우리 손자 이름은 '정이한'이다.

정씨와 이씨가 결혼해 태어난 대한민국의 아들이라는 뜻이다. 아들 부부가 해외에서 오랜 생활을 해서 그런지, 이름에서 나라 사랑의 마음이 물씬 느껴진다. 나는 그것이 또 기특하고 자랑스러워, 우리 이한이의 이름을 자꾸 부르게 된다.

이한아, 씩씩하게 잘 자라다오.

2011년 8월 14일 이한이 돌에

나이 든다는 것은 인생의 경험이 지혜로 여무는 것이오,
그 지혜를 행동으로 옮겨
자신의 삶을 빛나고 풍요롭게 만들어간다는 것이다.

고문顧問이란

사전을 찾아본다.

자문에 응하여 의견을 말하는 직무 혹은 그러한 일을 하는 사람, 한 분야에 전문적 지식과 경험이 많아 누가 물으면 문제에 대한 답을 제시하거나 조언해줄 수 있는 사람이 고문顧問이다.

조선시대의 관직으로 비유하자면 사간원 내지 홍문관과 유사하다 하겠다.

그동안 경험하고 터득한 지식과 지혜를 총동원하여 크고 넓은 시야로 조언해주는 사람인 고문은 어떤 의미에서는 한 조직이 가야 할 방향을 제시해주는 선지자와 같은 역할을 한다.

그런 무겁고 중요한 책임을 내가 맡게 되었다.

내가 생각할 때 훌륭한 고문이 되기 위해 갖추어야 할 절대적인 조건은 '경륜'과 '시간적 여유', 그리고 '전문성'이라고 본다. 고문은 한 그룹의 CEO나 회장과는 다른 역할을 수행해야 한다. CEO나 회장은 하나의 그룹을 총괄하게 되므로, 그 시야가 자신이 컨트롤하는 영역에만 한정될 수 있다. 반면, 고문은 한 그룹이나 특정 단체를 넘어서 보다 넓은 시각으로 볼 수 있고, 또 그렇게 해야 한다는 차이점이 있다.

그동안 내가 한 사회생활은 월남전 파병 근무까지 치면 50여 년에 이른다. 1970년 내가 사회에 발을 들여놓던 당시, 대한민국의 GDP는 US$1,967이었다. 지금의 베트남 수준 정도였던 것이다.

국민 모두가 너나없이 헐벗고 고생하던 시절이었다. 당시 청년들은 가난을 면하기 위해, 오로지 패기와 열정으로 앞날을 개척하지 않으면 안 되었다. 나의 앞 세대까지만 해도 민간경제가 제대로 성숙되지 못했던 때라 일자리가 절대적으로 부족한 상태였지만, 다행히 내가 사회에 진출할 때는 박정희 대통령의 경제개발5개년계획으로 경제성장이 가동되기 시작했던 때였다.

한마디로 나는 행운아였다. 물론 그때까지도 전쟁 후유증으로 힘들었지만 그래도 자고 나면 새로운 일자리가 생기면서 여기저기 산업체에서 인재를 구하고 있었다. 덕분에 건실한 젊은이들이라면 큰 어려움 없이 직장을 구하고 생계를 유지할 수 있었다.

물론 그 시기에는 급격한 경제발전에 부작용도 있었다. '기업의식'이라는 인식조차 없던 시절이었기 때문에 오직 돈을 벌기 위해 갖은 수단과 편법이 자행되었던 것이다. 이를테면 서민들의 밥상에 단골로 오르는 콩나물에 몹쓸 약을 넣고, 몇 번 쓰면 망가지는 공산품을 만드는 일도 흔치 않게 발생하여 온 국민이 피해를 입기도 했다.

그러나 불과 몇십 년 만에 이렇게 우리 대한민국은 세계 10위권의 경제대국이 되었다. 예전엔 수출할 물건조차 없어 여자들의 머리카락과 지렁이까지 잡아 팔던 우리나라가 이제는 합판, 섬유, 신발, 가전, 기초 공산품, 건설, 자동차, 철강, 선박, 반도체, 정보, 통신, 문화상품 등등 광범위한 분야에서 수출을 주도하는 것도 모자라, 중요한 공산품과 첨단기기 거의 전부를 세계로 수출하는 수출액 규모 세계 7위를 자랑하는 나라가 된 것이다. 게다가 이젠 그 어떤 나라도 함부로 따라올 수 없는 서비스Service와 최첨단산업의 메카로 우뚝 서게 되었다.

그러나 이러한 영광은 결코 하루아침에 만들어지지 않았다. 지금 60대를 넘어선 선배들의 뼈를 깎는 노력과 땀방울로 이뤄

성공한 사람보다는 가치 있는 사람이 되자.
하고 싶은 것도, 할 의지도 없는 '노인'이 아니라
매 순간 호기심과 열정으로 가득 찬 '노인 청년'이 되자.

낸 위대한 업적, 즉 골탑骨塔인 것이다. 그리고 그 시절 나도 골탑에 한 힘을 보탰다.

다른 나라는 200년이 걸려서야 이룰 수 있다는 경제 부흥을 단 50년 만에 해낸 세계 역사상 유례 없는 쾌거를 이루기 위해, 불철주야 앞만 보며 쉬지 않고 뛰던 선배들이 있었다. 맨몸뚱이 하나로 먹고살기 위해 뛰던 그 치열한 노력으로 얻은 경험들, 그것이야말로 우리 경제의 크나큰 자산이다.

그런 의미에서 볼 때, 실전의 경험과 피눈물로 경험을 쌓아온 그 시대의 산업 역군들 전부가 진정한 '고문'이다.

그러므로 그 시대 경제부흥의 신화를 일궈온 그분들을 나이가 많다고 홀대할 것이 아니라, 유사한 분야의 기업에서 전문 고문으로 모셔서, '무無에서 유有를 탄생시킨 창조의 비법'을 전수받아야 할 것이다. 그리하여 그 핵심 노하우를 바탕으로 새로운 시대에 맞는 신新 아이디어와 전략을 창출하여야 할 것이다.

지금 우리 사회가 앓고 있는 문제의 해법은 온고이지신溫故而知新에서 찾을 수 있다. 창조경영, 융합경영이 대세인 지금이야말로 지난 선배들의 노하우를 소중한 거름으로 삼아야 한다. 그렇게 우리 경제만이 가지고 있는 과거의 자산과 현재의 긍정적 자산들을 유의미하게 융합시킨다면, 어찌 세계를 다시 깜짝 놀라게 할 제3의 혁신을 이뤄내지 못할 것인가.

아인슈타인이 그랬던가. 성공한 사람보다는 가치 있는 사람이 되라고.

나는 '노인'이란 말보다 '노인청년'이란 말을 즐겨 쓴다. '성공한 노인'보다 '가치 있는 청년'으로 평생 살아가야 한다는 믿음에서이다. 그런 의미에서 오지랖 넓게 이런 제안을 한 번 해본다.

수백만 노인청년들이여!

우리 매 순간 생의 호기심과 열정을 잃지 마세. 은퇴했다고 일을 손에서 놓지 말고, 주변에서 우리를 필요로 하는 모임이나 단체를 먼저 찾아 우리의 지식과 지혜를 나누어주는 고문이 되세. 물론 고문관(?) 말고, 후배들로부터 진정한 존경을 받고 세상으로부터 선한 칭찬을 받을 제대로 된 고문 말일세!

장학회를 설립하다

내겐 꼭 이루고 싶은 꿈이 있었다.

능력은 뛰어나지만 가정형편이 좋지 않은 아이들의 학업을 성심성의껏 도울 수 있는 장학회를 만드는 것이었다. 그것은 꿈이자 내 필생의 과업이기도 했다.

그러나 막상 나 혼자 그 큰일을 벌이는 것은 쉽지 않았다. 그러는 동안 이런 소망은 마음 한 구석에 늘 체한 것처럼 걸려 있는 부채의식이 되어 버렸다. 그런데 그런 내 마음을 하늘이 아셨던 걸까.

2011년 10월 드디어 '세상에서 가장 중요한 것이 인재를 키우는 일'이라는 나의 신념에 동감한 후배와 의기투합하면서 장학회 설립에 박차를 가하게 된 것이다. 역시 좋은 일은 여러 사람이 함께할수록 더 창대해진다. 우리는 기왕에 하는 일, 더 많은 사람들의 뜻을 모으기로 하고, 발기인 10명을 찾아 나섰다.

그 후 여러 곳을 다니며 장학회의 설립 취지와 목적에 대해 설명했고, 놀랍게도 본격적으로 일을 시작한 지 3개월 만에 10명의 발기인을 모두 확보할 수 있었다. 막상 모금이 시작되자 발기인은 8명으로 줄어들었지만 우리는 낙담하지 않고 남은 인원으로 장학회를 힘차게 출범시켰다.

2012년 6월 25일, 싱가포르 정부의 허가를 받아 정식으로 '싱가포르 한국 장학회'가 설립되던 날, 그날의 감회를 과연 어떤 단어로 표현할 수 있을까. 일생의 꿈이 이루어졌다는 기쁨, 이제 어려운 학생들을 내 손으로 도울 수 있다는 뿌듯함에 가슴이 터질 듯 행복했다.

내가 누군가의 작은 바람막이라도 되어줄 수 있다는 것, 비단 내 아이들의 아버지만이 아니라 누군가의 아버지 역할도 할 수 있다는 것!

그 사실이 내겐 너무도 큰 기쁨이자, 은혜요, 감사였던 것이다.

일단 장학회가 설립되자 일은 일사천리로 진행되었다.

첫 장학생 선발은 2013년에 이루어졌다. 처음이라 수십 번의

회의를 거듭하며 우왕좌왕하는 시행착오를 겪기도 하였지만 점차 체제가 갖추어졌다. 2013년 7월 1일, 나름의 엄격한 심사 기준으로 싱가포르에서 공부하고 있는 한국 대학생 1명과 서울에서 유학 중인 싱가포르 대학생 1명을 첫 장학금 수혜자로 선발했다. 세인트 레지스 호텔St. Regis Hotel 연회장에서 개최된 첫 장학금 수여식에는 많은 축하객이 참석해 성황을 이루었다.

첫 번째 장학생 선발 과정에는 감동적인 에피소드가 있다.

우리가 장학회를 설립하고 얼마 지나지 않아서였다. 싱가포르에서 '토담골'이라는 한식당을 운영하고 계신 자매분이 찾아와 장학금에 보태고 싶다고 싱가포르 달러 1만 불을 기부하였던 것이다. 타국에서 장사하며 얼마나 힘들게 번 돈이라는 걸 누구보다 잘 아는 우리로서는 덥석 받기가 죄스러울 지경이었다. 그렇게 큰돈을 우리 장학회를 믿고 기탁해주시는 것을 보고, 감동과 동시에 앞으로 더 열심히 해야 한다는 책임감이 더욱 솟구쳤다. 이 자리를 빌려 다시 한 번 그분들에게 깊은 감사를 드린다.

1차의 성공에 고무된 우리는 2013년 10월, 2차 장학생 선발에 들어갔다.

2~5차는 정부의 협조 아래 보다 대대적으로 이루어졌다. 달

랏Da Lat 시 교육위원회에서 베트남 럼동성 성장省長과 서기장의 추천을 받아 초등학생부터 고등학생까지 총 21명의 후보를 선발하고 3차~4차 50명, 5차 100명을 선발했다.

학업 성적뿐 아니라 가정형편이 어렵거나 고아인 학생들도 대상에 포함되었다. 개인적으로는 솔직히 가정형편이 어려운 학생들에게 더 마음이 갔다. 내 작은 힘으로 어린 학생들의 미래를 열어줄 수 있을지도 모른다는 생각에, 선발 과정 내내 눈물이 마르지 않을 정도로 가슴이 벅찬 경험을 했다.

12월 27일 장학금 수여식에는 베트남 럼동성 성장을 비롯해 교육 위원장 및 간부들이 대거 참석해 자리를 빛내주었다. 그날 나는 앞으로 더욱 혼신의 힘을 다해 이 일을 계속해 나가리라 마음속으로 다짐하고 또 다짐했다.

장학금은 그냥 '돈'이 아니라 누군가의 미래를 열어주는 '열쇠'다.

우리 장학회에서는 그 미래를 국내외를 가리지 않고 선물하고 있다. 현재는 한국과 싱가포르 학생들과 베트남 학생들까지 대상으로 하고 있다. 작게 보면 한국과 베트남 양국 간의 교류를 넓힌다는 목적도 있지만, 크게 보자면 '세상은 하나'라는 공동선公同善을 실현하는 것이기도 하다.

장학금은 돈이 아니다.
누군가의 미래를 열어주는 열쇠이고,
누군가의 절망을 희망으로 바꿔주는 마술이다.
나는 오늘도 세상사람 모두가 공평하게
'희망'을 가질 수 있는 세상을 꿈꾼다.

'사랑'의 실현이란, 이 세상사람 모두가 공평하게 '희망'을 가질 수 있는 세상을 만드는 데 있다는 것이 나의 확고한 신념이다.

1~5차 장학금 수여식을 진행하면서 장학금을 받는 아이들의 까만 얼굴과 또릿또릿한 눈망울에 깃든 당찬 포부와 다짐을 분명히 지켜보았다. 저 아이들이 희망의 물결이 되어 다른 아이들에게 또 다시 퍼져 나가 아름다운 미래를 열어갈 것은 확실하다.

나는 믿는다.

생명의 씨앗을 심은 곳에는 반드시 생명이 자라난다는 진리를……

아시아에서 산 40여 년 동안 여러 나라를 돌아다니며
수많은 사업가, 정치가들과 함께하는 기회를 가졌다.
이 분들과 사업과 세계의 관심사를 함께 논하면서
우리나라를 알리는 민간 외교관의 역할을 해왔다.
그간 나름의 활동에 무한한 자부심을 느끼며,
우리 대한민국 땅에 태어나게 해 주시고
이렇게 외국에서 활동할 수 있도록 해 주신
하나님께 감사드린다.

2장

밖으로 밖으로,
신나는 인생

그곳은 천국이 아니라
전쟁터였다

진주 촌놈이었던 내가 이다지도 글로벌한 인생을 살게 될지, 그
누가 짐작이나 했을까. 정말 역마살이 끼어도 한참 긴 모양이
다. 삼십대 초반에 해외주재원으로 파견된 이후 해외를 돌아다
닌 생활이 어느덧 40년이 되었으니 말이다. 그렇게 강산이 네
번이나 변하는 동안 나는 30년 이상을 싱가포르에서 살았다.

나는 싱가포르와 도대체 어떤 인연이 있었던 것일까?

혹시 전생에 나는 문명의 혜택이라고는 전혀 받아보지 못한
청정자연에 은거하며 농사나 짓고 살았던 것은 아닐까. 그래서
이번 생엔 그와 정반대로 '인공의 낙원'이라 불리는 화려한 국
제도시 싱가포르에서 원 없이 사업하고 봉사하는 삶을 살게 된

것은 아닐까.

가끔 쉬는 시간이면 나는 이런 밑도 끝도 없는 상상을 하며 행복한 미소를 짓곤 한다.

그러나 싱가포르는 모두가 알고 있는 것처럼 지상낙원만은 아니다. 그곳 역시 인간사가 파노라마처럼 펼쳐지는 지상 위의 땅이다. 그러니 힘든 일, 어려운 일, 복잡한 일이 왜 없겠는가. 실로 나의 지난날은 그렇게 만만하지 않았다.

젊은 시절 그야말로 나는 '졸면 죽는다!'는 각오로 불철주야 치열하게 살았다. 이젠 앨범 속 사진 같은, 혹은 옷깃의 훈장 같은 추억이 되었지만, 그 시절 세계 방방곡곡 수만리 길을 누비며 얼마나 마음을 졸였으며, 얼마나 많은 밤들을 커피와 담배로 지새웠는지 모른다.

하지만 그때의 땀과 열정은 그대로 나의 자산이 되었고, 치열하게 살아온 세월 덕분에 나는 이곳 싱가포르에서 살아갈 수 있는 노하우와 지혜를 체득할 수 있게 되었다. 덕분에 그동안 내게 답을 구하는 인생 후배들에게 멘토 역할을 톡톡히 해왔다. 어떻게 싱가포르에서 성공할 수 있는지, 어떻게 해야 이곳에서 행복한 삶을 시작할 수 있는지…….

혹자는 실수를 하는 인생이 아무것도 하지 않는 인생보다 유용하다고 하지만, 일부러 실수를 자처할 필요는 없다. 우리 모두는 궁극적으로 성공을 위해 달려가고 있기 때문이다. 그러므로 실수를 막기 위해 최대한 노력과 끈기를 발휘해야 함은 물론, 정확한 정보를 남들보다 빠르게 얻기 위해 먼저 앞서 간 사람들에게 지혜를 구해야 한다.

앞으로 싱가포르에서 새로운 사업, 새로운 삶을 시작하려는 사람들이 조금이라도 시행착오를 줄였으면 좋겠다는 노파심에서 싱가포르에서의 사업과 생활에 대한 모든 것을 정리해 보았다.

싱가포르에서 사업을 하기 위해, 혹은 정착하기 위해 오신 한국 분들이 내게 인사 오는 경우가 많다. 그럴 때마다 나는 그분들에게 다음의 세 가지 이야기를 꼭 해드린다.

첫째는 세계 그 어느 나라보다 싱가포르 교민들의 수준이 높다.

이곳 교민사회는 인품과 학식을 두루 겸비한 지적 수준이 높은 분들로 구성되어 있다. 그러니 교민을 만나게 되면 무조건 좋은 인연을 맺기 위해 노력하는 것이 좋다. 교민 분들과의 교류를 통해 공감과 배려, 우정과 인류애를 나눌 수 있어 삶의 활력소가 되기 때문이다.

둘째, 싱가포르는 교육의 천국이다.

싱가포르는 특히 언어 교육에 있어 영어, 중국어, 인도어타밀어, 말레이어를 쉽게 배울 수 있다는 장점이 있다. 치안 또한 완벽해 아이들 키우기에 더할 수 없이 좋다. 기후조건까지 온화해서 사계절 야외활동을 할 수 있다. 이렇게 좋은 자연환경과 교육환경에서 나무에 거름을 주듯 자녀들의 호연지기를 키워 세계가 필요로 하는 인재로 키울 수 있다.

셋째는, 싱가포르는 아시아의 허브다.

싱가포르에서는 두 시간 내외면 주변국가로 이동이 가능하고 유명한 여행지를 쉽게 방문할 수 있다. 한마디로 여행하기에 최적의 조건을 갖춘 곳이 싱가포르라는 것이다. 여행은 사람의 이상을 높여주고, 정신과 육체를 강건하게 만들어준다. 여행을 하다 보면 자신의 작은 고민이 부질없이 느껴지고, 복잡했던 상황들이 깔끔하게 정리되는 경험을 한번쯤은 해보았을 것이다. 여행은 인간을 좁은 아집과 편견에서 벗어나 크고 높은 인의仁義를 추구하게 한다.

천국과 지옥은 다른 문으로 들어가는 것이 아니다.
준비하고 대비하는 사람에겐 지상낙원이지만
무모한 사람에겐 지옥이 되는 곳, 그곳이 싱가포르다.

그러니 싱가포르에 왔다면 덕망 높은 교민들과 친밀하게 교류하며 우정을 나누고, 더없이 좋은 교육환경에서 아이들을 훌륭한 인재로 키우시라. 그리고 틈틈이 가족과 여행을 하면서 인생의 아름다움을 즐기고, 마음을 리프레쉬할 수 있는 기회를 충분히 누리시길 바란다.

싱가포르에서
사업을 한다는 것

많은 분들과 얘기를 나누다 보면, 해외에서 사업을 하는 것에 대해 낭만적으로 생각하는 경우를 많이 본다. 그리고 그중에서도 싱가포르 하면 사업의 최적지로 착각하는 사람들이 많다. 하지만 싱가포르에서 창업하는 것은 결코 쉽지도 않고 낭만적이지도 않다. 이곳에서 사업이 어려운 이유는 여러 가지가 있겠지만, 30여 년이 넘도록 내가 몸으로 부딪치며 느낀 싱가포르 비즈니스의 특징과 어려움을 요약하자면 다음과 같다.

우선 싱가포르의 경제는 신용 중심 경제이다.

싱가포르는 전체가 세계 최상의 철저한 신용사회다. 이 말은 이곳엔 이미 선진 신용사회에 걸맞는 정치, 경제, 사회 시스템이 완벽하게 구축되어 있다는 의미이다.

예를 들어보자. 이곳의 도소매 상권 대부분은 중국인과 인도인이 장악하고 있으며, 자기들끼리 뿌리 깊은 상권관계를 형성하고 있어 그 틈을 파고들기가 너무나도 어렵다. 싱가포르 사업이라는 바다 속 싸움에서 이기려면 먼저 거센 파도를 탈 마음과 자본이 준비되어야 한다. 이곳에선 작은 낚싯대로는 고기를 잡을 수 없다. 아무리 기다려봤자 입질하는 고기는 없고 돈과 시간만 허무하게 낭비될 뿐이다.

다음은 싱가포르 시장이 매우 작은 중계무역항에서 출발했다는 태생적 특성이다.

일찍부터 싱가포르는 자유중계 무역정책을 펴면서 성장해왔기에 기업 간의 경쟁이 치열하다. 그 결과 새로운 사업을 시작하기가 매우 어렵다는 단점이 있다. 때문에 기존 상권의 규모와 경쟁구조에 대해 철저히 공부하는 것은 필수 중의 필수다. 이에 대한 대비가 완벽하지 않은 상태로 사업에 뛰어들었다간 백발백중 실패를 자초하게 된다. 이렇게 싱가포르에서의 성공은 하늘에서 별을 따는 것만큼 어렵다. 그 사실을 가슴에 뼈저리게 새기지 않고선 사업을 시작하지 마라.

다음 싱가포르 사회의 두드러지는 특징은 투명성이다.

사회가 투명하니까 사업하기 쉽겠다고 생각한다면 대단한 오산이다. 너무 투명한 사회에서는 다른 나라에서는 상식적인 일들이 전혀 통하지 않는 일들이 많다. 그래서 상상치 못할 더 곤란하고 어려운 문제에 직면할 수 있다는 것이다. 물이 너무 맑으면 고기가 살 수 없다 하지 않았는가.

싱가포르의 다민족, 다언어 문화도 중요한 특징이다.

서양과 동양의 문화가 공존하는 싱가포르에서 각 국가가 선호하는 문화 특성과 변별성을 정확히 인지하지 못한다면 그들의 시장을 파고들거나 장악할 수 없다.

이와 같은 어려움을 정확히 알려줌에도 불구하고, 많은 사람들은 싱가포르가 선진국이고 청렴한 사회이기 때문에 사업이 잘 될 것이란 막연한 자신감과 착각에서 사업을 시작하곤 어려움에 처하는 경우가 많다. 그래서 나는 안타까운 마음으로, 이곳에서 사업하는 데 따른 어려움에도 불구하고 한 번 해보겠다는 사람들에게 2단계의 조언과 충고에 들어간다.

만약 내가 지금부터 얘기하는 조건 중에 단 하나라도 제대로 갖추었다면 시작해도 좋다. 그 최소한의 조건은 세 가지다.

겉이 아닌 속을 꿰뚫어보는 눈을 가져라.
성공이란, 화려한 빛깔로 유혹하는 껍질 안에 숨겨진
쓰디쓴 속살을 제대로 간파한 자의 것이다.

첫째, 쓰고 남을 만큼의 충분한 투자금이 있는가?

둘째, 남이 안 가진 특수한 기술을 가지고 있는가?

셋째, 큰 기업인이나 대기업이 확실하게 뒷받침해주고 있는가?

짐작했겠지만, 위의 세 가지는 최소한의 안전장치다. 실패해도 다시 일어설 수 있는 동력의 문제이기도 하다. 이 세 가지 중 하나라도 갖고 있다면 일단 사업은 가능하다. 그렇지 않다면 정말 냉정하게 사업을 다시 재고해보아야 한다.

나는 이곳에서 35년 이상 사업을 하면서 참으로 안타까운 상황을 무수히 지켜보았다. 솔직히 말하자면 내가 아는 사람들 중 거의 99%가 사업에 실패하여 이곳을 떠났다. 그도 그럴 것이 싱가포르는 물가가 비싸고 환율이 높아 기본적인 생활을 하는 데도 많은 돈이 든다. 그런데 사업마저 실패한다면 막다른 길에 몰리게 되는 것이다.

현실적으로 말해보겠다.

이곳에서 창업을 하거나 생활을 하려면 집, 사무실 월세, 자동차, 직원 인건비 등등을 포함해 최소한 월 삼천만 원 정도가 필요하다. 3개월이면 1억, 1년이면 4억이다. 만약 사업이 잘 안 되면 웬만한 사람들은 생계조차 유지할 수 없다. 따라서 싱가포르에서 살려면 '확실한 자본력'은 필수사항이다.

싱가포르에서 사업을 하겠다고 찾아오는 사람들에게 나는 이곳 말고 차라리 주변 저개발 국가에서부터 시작하라고 권한다. 하지만 사람들은 싱가포르에서 사업을 해야 빠른 시간 내에 돈을 벌 수 있다고 고집한다. 맞는 말이다, 성공만 할 수 있다면 싱가포르가 좋다. 하지만 실패한다면? 같은 자금과 노력을 주변국가에 투여한다면, 사업으로 성공할 수 있는 확률이 훨씬 높다는 사실은 자명하다. 그러니 그곳에서 돈을 많이 벌어 든든한 자금력을 확보한 다음에 싱가포르에 와서 맘 편히 즐기며 살라는 얘기다.

싱가포르는 아시아의 중심지요, 참으로 살기 좋은 꿈의 선진국이다.

나는 이렇게 좋은 환경에서 우리나라의 많은 젊은이들이 창업하고 성공하길 바란다. 하지만 싱가포르에서 성공하기 위해서는 이곳의 겉이 아닌 속을 꿰뚫어볼 줄 아는 명안明眼이 있어야 한다.

싱가포르라는 달콤한 냄새와 화려한 색깔을 자랑하는 껍질이 아니라, 이곳의 시큼하면서도 쓴 속살을 제대로 맛본 자만이 성공을 거머쥘 수 있다.

적어도 사업에 관한 한, 이곳은 천국이 아닌 치열하고 숨가쁜 국제경쟁의 활극장이다.

인연보다
소중한 것은 없다

국제도시, 싱가포르의 경제 규모는 나날이 커지고 있다.

이에 따라 교민사회도 나날이 커지고 있다. 싱가포르 교민들은 금융, 상사 주재원을 비롯해 석유, 선박 관련 사업, 레저 관련 사업에 근무하는 전문가들이 많다. 외국계 회사에 근무하는 교포들도 2만 5천 명이 넘는다. IMF 사태 전에는 한국 식당이 30~40여 개에 불과했으나, 이제는 100여 개가 성업 중이라고 한다.

싱가포르 교민사회의 특징은 그 구성원들이 하나같이 최고의 인재, 최고의 지성인들이라는 것이다. 대학 교수가 150명이 넘는데, 이들 모두가 박사 학위 소지자다.

싱가포르 한인사회의 모임에 나가면 덕망 있는 성품과 높은 수준을 갖춘 교민 분들을 쉽게 만날 수 있다. 그런 분들과 인연을 맺고 만남을 지속하면, 자신의 삶도 윤택해질 수 있다. 나는 이것이 이곳 싱가포르에서만 누릴 수 있는 큰 은혜요, 특권이라 생각한다.

나는 후배들과 지인들에게 이 세상을 살면서 무엇보다 소중한 것은 바로 사람들과의 인연임을 힘주어 강조한다. 그러면서 내가 창안한 '인연 3단 논법'이라는 비법을 은밀히 전수해주기도 한다.

모두가 솔깃해 하는 내 '인연 3단 논법'의 핵심은 이렇다.

싱가포르 주재 3년을 기준으로 '한국인 3명, 현지인 3명, 외국인 3명'과 좋은 친구가 되라는 것이다. 이는 싱가포르 생활을 잘 이어가기 위한 최적의 친구 포트폴리오인 셈이다.

우리는 모두 행복했던 학창시절을 가지고 있고, 그 중심에 친구들이 있다. 만약 그때 그 시절처럼 한국인, 현지인, 외국인 9명과 진실한 우정을 나눌 수 있다면 인생은 얼마나 더 활기차고 즐거워질 것인가.

친구는 내 슬픔을 등에 지고 가는 존재라는 말이 있다.

그러므로 내 곁을 지켜주는 친구를 보물처럼 여겨야 한다. 그리고 새로운 인연을 맺을 때는 상대의 의견과 생활방식을 존중하되, 함부로 그 인생에 개입해서는 안 된다. 진정한 친구를 얻고 싶다면 자신의 귀와 눈을 활짝 열고, 상대에게 진실한 관심과 애정을 먼저 표해야 한다. 이것은 어느 나라 사람이든, 어떤 종교와 신념의 사람이든 동일하게 적용되는 법칙이다.

이렇게 교민사회에서 친구를 사귀다 보면 뜻밖의 덤을 얻기도 한다. 교민과 현지인, 외국인들의 수준이 매우 높은 까닭에 최고의 기업인, 사업가, 공무원, 교사, 기술자, 금융인, 법률가 등 각 분야 최고의 인재들과 교류할 수 있다.

이렇게까지 이야기해주는데도 어떻게 교류해야 할지 모르겠다는 사람들도 있다. 나는 진실한 우정을 쌓는 방법으로, 가족과 함께하는 자리를 만들라고 조언한다. 가족이 함께하는 식사나 여행은 오래된 친구처럼 더욱 가까워질 수 있는 계기가 된다. 물론 인연을 필연으로 승화시키기 위해 가장 중요한 것은 상대방을 존중하고 배려하는 마음과 겸손한 태도에 달렸음은 두말할 필요도 없다.

아무리 세상이 바뀌어도 인간은 인간과 더불어 살 수밖에 없다.

사실 산업화가 진행되고 기술이 발전하면 발전할수록 인간관계의 중요성은 도리어 더 커진다. 과거 산업사회에서는

아무리 세상이 바뀌어도 인간은 인간과 더불어 산다.
누군가를 진심과 사랑과 겸손으로 대하면 인연이 만들어지고,
그 인연은 필연으로 승화되기 마련이다.

'Know-how'가 중요했다면, 앞으로 다가올 글로벌 사회에서는 'Know-Who'가 더 중요한 자산이 될 것이다.

근현대에는 '인간과 기술의 관계'가 중요했다면, 다가올 미래 사회에서는 '인간과 인간의 관계'가 더욱 중요해질 것이다. 미래사회는 인간의 정서와 감성, 이성과 영성이 바탕된 창의와 혁신이 근본이 될 것이라는 것은 이미 예견된 바가 아니던가.

어리석은 사람은 인연因緣을 만나도 몰라보고 보통사람은 인연인 줄 알면서도 놓치고 현명顯明한 사람은 옷깃만 스쳐도 인연을 살려낸다. _피천득의 '인연' 중에서

내가 만난 아시아의 정상들

1. 베트남 국가주석 쯔엉떤상

사십여 년 동안 이곳 싱가포르에서 살면서 나는 주변 아시아 국가 사람들과 다양한 친분을 갖게 되었다. 그중에서 각 나라 정상들과 만나 이야기를 나누고 서로 교류한 경험은 나에게 소중한 자산으로 남아 있다.

베트남은 내가 사업차 자주 간 나라이다.

정식 명칭이 베트남사회주의공화국Socialist Republic of Vietnam인 베트남은 북쪽은 중국, 서쪽은 라오스와 캄보디아, 그리고 동쪽은 바다를 면해 있다. 이러한 지정학적 조건 때문에 베트남은 오랜 세월 외국의 침략과 지배를 받아왔다. 1884년 프랑스령 인도차이나에 식민지로 편입되었다가 2차 세계대전 이후 독립을 선언하면서 '베트남민주공화국'을 발족시켰다. 그러나 1954년 북베트남 공산당 정권이 프랑스 식민세력을 완전히 패퇴시키면서 베트남은 다시 남북으로 분단되었다. 이후 상황은 우리가 익히 알고 있는 바이다. 미국을 주도로 한국과 필리핀 등의 지원군이 파병되었으나 1975년 구소련과 중국의 지원을 받은 북베트남이 사이공을 함락시키며 공산 정권이 들어섰다. 그리고 그 후 한국과는 1992년에, 미국과는 1995년에 국교정상화가 이루어졌다.

그간의 외침과 갈등의 역사로 인해 아직 생활수준은 낮지만, 자신들의 힘으로 외세를 물리쳤다는 자부심과 민족의식만큼은 세계 어느 나라 사람들보다 강하다. 게다가 베트남인들은 한국 사람 버금가게 부지런하고 영리하다. 현재 그들의 생활 양상은 우리나라의 60년대와 흡사하다. 그래서인지 베트남에 갈 때마다 마치 옛날 고향에 간 것 같은 느낌에 사로잡히게 된다.

베트남의 사업가들도 우리나라가 급속 성장을 이룰 때의 우리 모습을 보는 듯, 자신감이 충만하고 열정이 넘친다. 이런 유사점 때문에 나는 다른 아시아 국가들보다 베트남의 소박한 정경과 베트남인들에게 유독 정이 많이 간다. 정부 관리들이나 당관계자들도 나를 고향 형제나 친척처럼 정겹게 맞아준다. 그래서인지 베트남에 갈 때마다 언제나 반갑고 마음이 따뜻해지는 경험을 한다.

이렇게 베트남을 왕래한 지는 오래되었지만, 베트남의 전·현직 국가 주석을 직접 만난 것은 2013년이었다. 그해 12월 27일, 나는 달랏Da Lat 시에서 열린 베트남 정부 초청 만찬에 참여할 기회를 얻었다. 그리고 그곳 영빈관에서 베트남 전직 주석 두 분과 현 주석을 만나게 된 것이다.

내가 그들을 만나 가장 놀라웠던 점은 국가 최고 지도자라는 고정관념과는 달리 그분들은 놀라울 정도로 서민적이었다는 것이다. 권위나 위세 따위는 전혀 찾아볼 수가 없었고, 시종일관 그곳에 모인 사람들과 화기애애한 분위기를 이어갔다. 그곳에 계급이나 계층은 전혀 존재하지 않았다.

심지어 2011년부터 현재까지 국가 주석을 맡고 있는 쯔엉떤상Truong Tan Sang은 자신이 먼저 일일이 테이블을 찾아다니며 인사를 건넸다. 그 모습이 마치 인자한 아버지나 마음씨 좋은 이웃집 아저씨 같았다. 그러나 바로 그 모습 속에 사회주의를 이끌어가는 놀라운 정치력과 무서운 결속력이 숨어 있을 터였다.

만찬이 마무리 될 무렵, 쯔엉떤상 주석이 연설을 시작했다.

막상 단상에 오르자 그는 더 이상 이웃집 아저씨가 아니었다.

인구 1억의 베트남을 이끌어가는 강단 있고 카리스마 넘치는 지도자였다. 자신감과 당당함, 진정성까지 갖춘 그의 연설을 지켜보면서 나는 앞으로 몇 년 안에 베트남이 아시아의 또 다른 용이 될 것이란 사실을 확신할 수 있었다.

그 후 2013년, 나는 베트남 정부로부터 '수교문화훈장'을 받았다. 내가 베트남에 대해 느껴왔던 남다른 감정과 애정에 대한 선물이란 생각이 든다.

2. 태국 총리 미즈 잉락

우연한 기회에 태국 총리 조카 결혼식에 참석하게 되었다.

2013년 동아 일렉콤 이건수 회장의 초청에 의한 것이었다. 이 회장은 태국의 주요 정부요인뿐 아니라 총리 가족과도 밀접한 유대관계를 유지하고 있었다. 나는 그곳에서 태국 총리와 4명의 총리를 배출한 탁신Thaksin 가문의 형제자매들을 만나게 되었다.

결혼식장에서 본 잉락 친나왓Ms. Yingluck Shinawatra 총리는 참으로 인상적이었다. 뛰어난 미모와 함께 당당한 여장부의 면모를 더불어 지니고 있었던 것이다. 게다가 좌중의 분위기를 압도

하는 언변과 매력적인 제스처는 압권이었다.

그런데 그때는 우리나라가 10조 8천억 원 상당의 태국 물관리사업 수주권을 따기 위해 전력을 다하던 시기였다. 마침 나는 태국 외무장관 겸 부총리, 정보통신부 장관과 따로 모임을 가질 수 있는 기회를 얻었다. 나는 그 자리에서 대한민국 물관리 기술분야의 우수성과 선진성에 대해 최선을 다해 피력했음은 물론이다. 이른바 민간외교로도 주요 국가정책을 돕는 데 일조할 수 있었던 것이다. 그날의 경험 이후 나는 조국을 위해 민간외교가로서의 능력과 자질을 더욱 더 충실히 키워야겠다고 다짐했다.

부총리와 장관과의 만남을 통해 나는 탁신가에서 4명의 총리가 배출된 이유와 배경에 대해서도 더욱 자세하게 알게 되었다. 잉락 총리의 통치 스타일에 대한 다양한 의견을 들을 수 있었던 것도 행운이었다.

이후에도 잉락 총리의 오빠인 탁신 총리와 수차례의 만남을 가졌다.

한국 사람을 좋아하고 한국의 경제 발전을 높이 평가하는 탁신 전 총리는 한국을 '형제의 나라'라고 불렀다. 탁신 전 총리는 언뜻 보면 매우 유순해보였지만, 그 속엔 불같은 강인함이 꿈틀거리고 있었다. 특유의 부드러운 성품으로 사업에서 큰 성공을 거두었지만, 바로 그 지나친 강인함으로 인해 국외로 내쫓기기까지 한 지도자의 극단적 외유내강의 사례라고나 할까.

현재는 해외 유배생활을 하고 있지만 탁신 전 총리는 사람들과 스스럼없이 만나고 어울린다. 그리고 그는 유쾌한 유머와 박식한 지식으로 사람들을 매료시키곤 한다. 그의 얼굴을 가만히 들여다보고 있노라면, 태국 국민들이 왜 그를 그토록 좋아하는지 알 것 같기도 하다.

싱가포르의 '이관유', 말레이시아의 '마하티르 모하마드', '태국의 탁신', '한국의 반기문' 등 아시아를 이끈 리더들을 인터뷰했던 미국작가 톰 플레이트의 책에는 탁신 스스로 밝힌 추방 이유가 나온다.

"제가 누군가에게 이용당했을 때, 저는 그저 괜찮다고 말했습니다. 그래서 늘 배신당했지요. 너무 친절해서, 그들에게 너무 친절하게 대해서 말입니다. 저는 늘 배신당했어요."

혁신을 꿈꾼 재벌 정치가! 가난에서 벗어나야 태국이 발전한다고 믿었던 지도자!

탁신 전 총리는 아직도 조국을 그리워하며 귀향을 꿈꾸리라. 아직은 그 소망이 이루어지지 않았지만, 탁신 총리의 얼굴엔 여전히 미소가 머물러 있다.

이후 나는 탁신 전 총리와 그의 가족들을 서울에서 만났다.

그날 만남에서 우리는 탁신가의 행보와 태국의 앞날에 대해 진지하게 의견을 나누었다. 군부 쿠데타에 의한 태국 왕당파의 집권으로 낙후될 대로 낙후된 태국의 정치와 경제를 제대로 변화시킬 참된 개혁이 언젠간 성공하리라는 것을 그날 확신할 수 있었다.

하지만 정치라는 것이 그렇게 만만한 것이 아님을 이 나이쯤 되면 몸으로 느끼게 된다. 그래서 실제로 그런 긍정적인 결과가 언제쯤 나올지는 사실 미지수다.

태국엔 부처님을 믿고 사는 착하고 순박한 사람들, 가슴이 따뜻하고 미소가 아름다운 사람들이 살고 있다. 태국이 하루빨리 개혁되어 아시아의 중심 국가로 도약하길 마음속으로 빌어본다.

3. 미얀마 대통령 떼인 세인

미얀마The Republic of the Union of Myanmar는 인도차이나 반도 서북부에 위치한 넓고 자원이 풍부한 나라다. 그러나 1962년 혁명정부에 의해 사회주의 경제체제가 도입된 이래, 50여 년간 국민들은 극심한 생활고에 시달렸다. 지독한 폐쇄정책과 부정부

패가 만들어낸 경제 침체는 60년대 초까지 누렸던 찬란한 문화와 풍요한 생활을 나락으로 떨어뜨렸다.

그런데 2012년 상황이 바뀌었다. 떼인 세인Thein Sein 현 대통령이 적극적인 개방정책을 펼침으로써 미얀마는 오랜 세월 군게 닫혔던 문을 활짝 열어 제치고 경제 개발에 박차를 가하고 있기 때문이다.

미얀마와 나의 인연은 오래 전으로 거슬러 올라간다.

25년 전쯤 나는 미얀마에 냉장고, 비디오테이프, 오디오테이프 등을 수출하는 사업을 하였다. 그때 시장 개척을 위해 미얀마를 자주 방문했다. 당시 미얀마는 군사 독재 하에 있었다. 모든 사업은 침체되었고 국민들의 생활도 활력을 찾을 수 없었다. 그런 참담한 상황에서 나도 그곳에서의 사업을 잠시 접을 수밖에 없었다.

그랬던 미얀마가 세상에 완전히 달라졌다. 지금의 미얀마는 내가 그때 보고 느꼈던 미얀마와는 상전벽해의 차이를 보이고 있다. 2012년 11월, 외국인 투자법이 새로 개정된다는 소식을 들은 나는 한달음에 미얀마로 달려갔다. 그리고 그곳에서 놀라운 상황을 목격했다.

정말 대문을 활짝 열어젖힌 미얀마 정부가 국제사회와 적극적으로 소통하고 있었던 것이다. 과거 미얀마 정부 관리나 공무원들은 참으로 불친절하고 예의가 없었다. 하지만 지금 관리나 공무원들은 마치 비즈니스맨처럼 행동하고 있었다.

나는 이 모든 변화를 보며, 미얀마 정부의 정책과 제반 법률이 제대로 마련되기만 한다면 앞으로 그 어떤 나라보다 빠른 경제성장을 이루리라는 것을 직감할 수 있었다. 현재 수도 랑군 Rangoon에는 대대적인 건설 붐이 시작되었다. 국제사회는 이곳에 대규모 투자를 하고 있다. 그야말로 눈에 보이지 않는 미얀마 선점 경쟁이 본격 가동된 것이다.

미얀마의 변화는 호텔, 자원, 금융 분야에서 두드러진다.

2013년 동남아시안 게임South East Game 개최, 2014년 아시아 외무장관회담 개최 등을 통해 외형적인 위상도 높여가고 있다. 이런 추세라면 '아세안 통합계획EU와 같은 콘셉트'과 같은 굵직한 국제 현안에서 미얀마의 역할이 더욱 커질 것으로 예상된다.

이처럼 미얀마에 새로운 바람을 불러일으키고 있는 떼인 세인 대통령을 나는 2013년 1월 19일 대통령 궁에서 직접 만나게 되었다. 그리고 이 만남을 통해 나는 미얀마의 미래에 대해 누구보다 강한 확신을 가질 수 있었다.

맨 처음 만나던 날, 나와 동년배쯤 되어 보이는 떼인 세인 대통령의 눈빛은 예사롭지 않았다.

안경 너머로 나를 응시하며 부드럽지만 확신에 찬 목소리로 대화를 이어가던 대통령에게서 그의 통치 철학에 대한 자부심과 강한 의지를 느낄 수 있었다. 그의 눈빛이 모든 것을 말하고 있었다.

떼인 세인 대통령은 미얀마 5개 부처 장관을 배석시켜, 우리 기업 대표단 8명과 상담할 수 있도록 배려해주었다. 그날 나는 경제성장에 대한 그의 강력한 의지를 확인할 수 있었다. 대통령이 물러나는 2015년까지 개혁에 박차를 가하고, 기득권층의 연착륙을 유도하면서 미얀마의 경제를 일정 수준에 올려놓는다면 미얀마는 앞으로 태국을 능가하는 아시아의 경제대국으로 성장할 수 있을 것이란 확신이 들었다.

대통령은 우리 대표단에게 적극적인 투자와 지원을 해달라는 부탁을 하면서 회담을 끝냈다. 그런데 뜻밖에도 그는 주 미얀마 김해영 대사에게 'NATO No Action, Talking Only' 하지 말아달라는 코멘트를 남겼다.

'말만 앞세우지 말고 꼭 실천해 달라.'는 그의 당당한 표현에 나는 다시 한 번 놀랐다.

나는 미얀마의 잠재력이 어느 정도 되냐는 질문을 가끔 듣곤 한다. 내가 생각하는 미얀마 경제 성장의 포인트는 다음의 세 가지로 요약할 수 있다.

첫째 미얀마의 성장 동력은 광활한 영토와 인구다.

나와 동년배쯤으로 보이는 그의 눈빛은 예사롭지 않았다.
부드럽지만 확신에 찬 목소리로 대화를 이어가던 그에게서
강한 자부심이 느껴졌다. 그의 눈빛이 모든 것을 말하고 있었다.

남북을 합한 우리나라 국토 면적의 3배에 달하는 드넓은 영토와 공식적인 인구통계 6천 5백만을 넘어서는 실질 인구 약 8천만은 미얀마의 최대 성장 동력이 될 것이다 믿기지 않겠지만 20년 동안 인구센서스를 하지 않아 정확한 통계가 없다.

두 번째는 미얀마의 거대한 내수시장이다.

미얀마의 거대한 인구는 그대로 내수시장의 규모를 말해준다. 농산물, 수산물, 광물 등의 자원이 풍부하고 기후까지 좋아 국가 경제가 발전할 수 있는 요소를 고루 갖추고 있어 경제성장의 활력소가 될 것이다.

다음은 입지적 특성이다.

중국, 태국, 라오스, 방글라데시, 인도 등과 국경을 맞대고 있는 미얀마는 아세안의 물류 중심지로서의 가치가 무궁무진하다. 해외 기업의 아시아 생산기지, 가공창고, 물류 허브로서의 몫을 제대로 한다면, 경제성장의 무서운 동력이 될 것이다.

전 세계 인구의 절반을 국경으로 접하고 있는, 앞으로 중국 못지않은 거대 시장이 될 미얀마는 우리가 주목해야 할 매우 중요한 미래의 파트너 국가이다. 그러므로 시장이 개방되고 있는 바로 지금 다른 나라보다 한 발 앞서 미얀마 시장을 선점하고, 민간과 정부가 힘을 모아 이곳에 미래 비즈니스의 교두보를 마련해야 할 것이다.

4. 말레이시아 총리 나집

싱가포르에서 40여 년을 살면서 가장 많이 방문한 나라는 당연히 이웃 나라인 말레이시아다.

말레이시아는 동남아시아 말레이반도 남단과 보르네오Borneo 섬 일부에 걸쳐 있는 입헌군주제 국가다. 1786년부터 영국의 지배를 받던 말레이반도 11개 주는 1957년 말라야 연방으로 독립하였고, 이후 1963년 싱가포르 · 사바 · 사라와크를 합쳐 말레이시아가 되었다가, 1965년 싱가포르가 독립하면서 현재에 이르렀다.

말레이시아는 다민족 국가이다. 복잡한 민족 구성과 이에 따른 경제활동의 차이와 갈등은 국가 발전의 장애물이 되고 있다. 각기 다른 민족을 기반으로 만들어진 정당들은 오로지 자신들의 이익만을 대변하고 있다. 한마디로 통합된 힘을 발휘하지 못하는 상태인 것이다.

말레이시아 국가를 대표하는 얼굴은 술탄 미잔Sultan Mizan 국왕이지만, 전 총리 마하티르Mahathir Mohamad에 이어 지금의 실권자는 2009년 4월에 취임해 내각을 이끌고 있는 나집Najib Tun Razak 총리이다.

나는 이웃에 마실가듯 말레이시아를 드나들었다.

그러다 보니 자연히 그곳 정·재계 인사들과도 긴밀한 관계를 맺게 되었다.

그러니까 말레이시아 전 총리 마하티르Mahathir Mohamad를 그의 고향인 랑카이Langkawi 섬에서 만난 것은 1999년 7월 24일이었다.

그와의 만남은 처음부터 충격이었다. 마하티르 전 총리는 나 못지않게 한국에 대해 잘 알고 있었다. 그가 30여 년 전 'Look East한국과 일본을 배우자.' 정책을 만든 장본인이란 사실은 익히 알고 있었지만, 막상 대화해 보니 극동 아시아 여러 나라들에 대한 해박한 지식은 놀라움 그 이상이었다.

게다가 그날 행사장에 검은 가죽점퍼 차림으로 경호원도 없이 오토바이를 타고 들어오던 모습은 또 다른 문화 충격으로 다가왔다. 한편으론 멋지게도 느껴졌지만, 다른 한편으론 우리나라 정치인과는 너무나 다른 모습에 경악스러웠다.

현재 집권하고 있는 나집 총리를 만난 것은 2012년 10월 6일, 메티오닌methionine이라는 바이오공장 기공식에서였다.

메티오닌 공장은 CJ 그룹이 프랑스 기업 아키마Arkema와 합작해 말레이시아 테렝카누Terrengganu 주에 미화 5억 불을 투자하여 설립한 회사였다. 기공식에 참석한 나집 총리는 한국의 기술력을 높이 평가하고, 테렝카누 주에 큰 금액을 투자한 것에 감사의 뜻을 표했다. 그러면서 한류에 대한 관심도 적극적으로 표했다.

그러다 몇 달 후로 예정된 지방선거를 의식한 듯 그 자리에서 영어와 말레이시아어로 연설을 했는데, 그 모습에서 정치가로서의 역량을 충분히 느낄 수 있었다.

현재 말레이시아 다수당UMNO을 이끌고 있는 나집 총리는 전 수상 마하티르 집권 때와는 달리, 싱가포르와 긴밀한 관계를 유지하며 순조로운 경제발전을 추진하며 '강한 통치자, 슬기로운 지도자'라는 긍정적인 평가를 받고 있다.

5. 인도네시아 대통령 메가와띠

인도네시아는 인구 2억5천만 명으로 세계 5위권의 대국이자 이슬람교가 86%를 차지하는 나라로 1945년 8월에 네덜란드령에서 독립을 선언하였다.

여성으로는 처음으로 인도네시아 대통령으로 당선된 메가와띠는 건국 영웅 수까르노 초대 대통령의 두 번째 부인 사이에서 태어난 맏딸로, 1987년 국회의원으로 정가에 투신하여 2001년 인도네시아 5대 대통령으로 취임하였다. 현재는 투쟁민주당

총재로 활동하면서 지금의 대통령 조꼬위 정권의 산파역할을 하며 현 정권의 실세로 인지되고 있는 인물이다.

2015년 10월 중순 나는 우연찮게 부산 인도네시아 문화원에서 기업인으로는 드물게 메가와띠 대통령과 한 시간 이상 단독회담을 하게 되었다. 작은 키에 조용한 말투였지만 강인하고 외유내강하게 보였다.

그날 오후 메가와띠 대통령은 한국해양대학교에서 명예박사학위를 받았다. 이 학위는 13,000여 개의 섬을 보유하고 있는 해양국가 인도네시아와 우리나라가 해양관련 산업에 양국이 협조하면서 경제발전에 기여하자는 큰 의미가 있다.

남·북한과 모두 수교하면서 북한 정권과 가까이 지내는 인도네시아는 우리 정부가 특별히 돈독한 관계를 맺고자 하는 나라다. 제3세계 비동맹국 수장 격이어서 정치적으로나 경제적으로 우리나라에게는 매우 중요한 나라이기 때문이다.

그래서 나는 메가와띠 대통령과의 회담에서 양국 간의 경제발전 문제와 CJ그룹의 활동상황에 대해 설명을 드리며 특별한 협조를 요청하였다. 매우 진지하고 긍정적으로 듣는 이 분을 보면서 앞으로 더욱 좋은 관계를 유지하며 경제적 동반자로서 양국의 우호증진에 일조를 하여야겠다고 생각하였다.

수까르노의 딸이란 뜻의 메가와띠 수까르노뿌뜨리Megawati

Soekarnoputri는 인재개발 조정장관으로 활동하는 뿌안 마하리니의 어머니로 여성파워 1위에 선정되는 등 아직도 건재한 실세이자 정치계의 큰 존재감이 있는 인물이다.

6. 싱가포르 총리 이센룽

싱가포르에서 38년 여 동안 사업을 하면서, 나는 28년 이상을 여러 단체의 단체장을 섭렵했다. 그러다 보니 자연스럽게 싱가포르 재계 및 정관계 분들과 만날 기회가 많았고, 그들과 깊은 인연을 맺게 되었다.

그중에서도 나는 특히 이콴유李光耀 전 수상과 고척동 전 수상과의 친분이 두터웠다. 이콴유 전 수상의 집권 중에는 역대 한국 대통령들이 싱가포르에 방문할 때마다 그 자리에 꼭 초대받았다. 그 밖에 비공식적인 자리에 함께한 경우는 수도 없이 많았다.

내가 만난 분들 중 가장 존경하는 분을 꼽으라면 단연 이콴유 전 수상이다. 싱가포르의 국부國父로서 전 국민의 추앙을 받고 있어서가 아니라, 실제로 내가 만나고 겪어본 결과 정치가로서 또한 경영자로서 불세출의 자질과 리더십 그리고 싱가포르에 대한 진정한 애국심을 확인했기 때문이다.

공식적 행사로 가장 최근에 그분을 만난 것은 2013년 8월 6일, 대통령 궁ISTANA에서 열린 자서전One Man's View of the World 출판 기념회에서였다. 그런데 그날 보니 이콴유 수상께서 연설을 하기 위해 연단에 올라가는데 너무 노쇠하셔서 부축을 받고 계셨다. 그 모습이 자꾸 눈에 밟혀, 식이 끝나고도 쉬이 발걸음이 떨어지지 않았다.

나는 그분의 아들 이셴룽李显龙, Lee Hsien Loong 총리와도 수차례 만났고 식사도 하였다. 몇 번의 국가 위기 상황사스, 국제 금융 위기을 훌륭한 정책으로 극복한 이셴룽 총리는 싱가포르에 꼭 필요한 훌륭한 정치가이자 통치자로서의 자격이 충분하다고 느꼈다.

모든 사람들이 금기시하던 카지노 사업을 허가했을 때만 해도 모두가 고개를 갸웃했지만, 이셴룽 총리는 그 사업으로 재원을 마련하여 고용을 늘리면서 국가 재정을 튼튼히 하였다. 그리고 센토사Sentosa 섬에 관광 사업을 추진하여 주민들이 편안하게 살 수 있는 공간을 마련하는 등 민생문제에도 적극적으로 앞장서 왔다. 20~30년 후를 미리 예견해 전략을 세우고, 공론을 거쳐 새로운 사업을 시작하는 이셴룽 총리의 통찰력과 추진력은

지 모두 열심히 일한다. 또한 싱가포르 정부는 일체의 부정부패를 저지르지 않는다. 친절하고 청렴하게 국가와 국민을 위해 봉사한다. 싱가포르의 청렴도는 세계에서도 손꼽힌다. 정치 지도자와 고위 공직자, 시민사회, 언론이 다함께 노력하여 이뤄낸 결과인 것이다.

싱가포르는 동서양을 막론하고, 인간이 만들어낸 사회의 이상향이라 해도 과언이 아니다.

이렇게 아름답고 수준 높은 삶을 유지할 수 있는 싱가포르에서 생활한 지도 어느덧 37년째에 접어든다. 그 오랜 시간 동안 불편함을 느끼지 않고 살게 해준 이곳의 지도자와 정치인, 공무원들에게 크게 박수를 쳐주고 싶다.

나는 수십 년 아시아의 여러 나라를 누비며 수많은 사업가, 정치가들과 함께할 기회를 가졌다. 그리고 그들과 다양한 관심사를 논하는 과정에서 나름 우리나라를 알리는 민간외교관의 일원으로서 역할을 충실히 해왔다고 자부한다. 지난 세월에 무한한 자부심을 느끼며, 우리 대한민국 땅에서 태어나게 해주신 하나님께 감사드린다.

내가 가장 존경하는 인물은 단연 이콴유 전 수상이다.
불세출의 리더십과 뜨거운 애국심을 직접 확인했기 때문이다.
몇 해 전 뵌 마지막 모습이 자꾸 눈에 밟힌다.

주석朱錫의 추억

뜬금없겠지만 '주석朱錫, Tin'이라는 금속 이야기를 해보려고 한다.

사실 나도 주석에 대해 제대로 알게 된 것은 그리 오래 되지 않았다.

어린 시절, 광산 근처에 살지 않았다면 그 어떤 어린아이도 광물에 관심을 갖긴 힘들 것이다. 나 역시 그러했다. 금이나 은 따위의 광물이 있다거나 낫, 호미, 가래, 괭이, 쟁기, 부엌에 걸린 큰 무쇠 솥이 광물이라는 것쯤은 눈치로 알고 있었지만 그 이상의 관심도 친근감도 없었다.

그러다가 중, 고등학교 과학 시간에 원소와 원자의 개념을 배우게 되면서, 인간이 살아가는 데 무수한 광물이 필요하고 우리

생활 속에 광물이 깊이 관여되어 있다는 사실을 알게는 되었다.

그러나 대학을 졸업하고 전자회사에 입사하면서야 납땜할 때 주석과 납을 6:4의 비율로 섞어 쓴다는 것, 솔더링Soldering, 납땜 없이 전자제품이 만들어질 수 없다는 것을 처음으로 알게 되었고 주석에 관한 공부를 본격적으로 시작하게 되었다.

주석Tin, 朱錫은 기원전 3천 년 전에도 사용했다는 기록이 남아 있을 만큼 오랜 역사를 갖고 있다. 뿐만 아니라 주석은 우리 일상생활 속에서 다양하게 쓰이고 있다. 현대인의 필수품인 컴퓨터 속 전자회로에도 땜납이 사용된다. 땜납은 납과 주석의 합금인데, 납과는 달리 독성이 전혀 없어 생활필수품에 두루 활용되는 것이다.

주석은 매우 부드러워 가공이 수월하지만 반면에 상처가 나기 쉽다는 단점이 있다. 이 점을 보완하기 위해 주석과 구리에 안티몬을 섞어 만든 합금이 바로 백랍Pewter이다. 백랍은 안티몬이나 구리를 추가해 납의 함량을 낮춘 것으로, 어떤 것은 아예 납을 함유하지 않은 제품도 있다.

백랍으로 만든 주석 공예품은 아주 오래 전부터 은의 대체 금속으로 사용되었다. 중세 유럽에서는 주석을 사용해 파이프 오르간이나 종 등 종교 기물이나 일상용품을 만들었다. 북부 이

태리에서는 아직도 르네상스 이전의 제조방식에 따라 고도로 숙련된 장인들에 의해 백랍 주석공예품들이 제작되고 있다.

나는 1980년 초 사업차 말레이시아를 방문하면서 백랍 제품에 대해 관심을 갖게 되었다.

쿠알라룸푸르Kuala Lumpur는 말레이 반도의 한가운데 저습지에 위치해 있는데 말레이어로 '흙탕물의 합류'라는 뜻이다. 19세기에 중국인들이 클랑 강Klang River을 따라 주석 채굴을 하면서 쿠알라룸푸르는 수도의 형태를 갖추었다. 그래서인지 주석박물관도 도심 속에 있다.

싱가포르에서 페낭Penang까지 차로 달리다 보면 쿠알라룸푸르를 지나 2시간 거리의 북쪽에 위치한 페락Perak 주에 이르게 된다. 그곳에 유명한 주석 주산지가 있다.

말레이시아의 주석 산업을 선도한 주역은 백랍 가공회사인 로열 셀랑고르Royal Selangor. Co이다. 1885년 중국에서 건너온 용쿤에 의해 세워진 로열 셀랑고르는 130여 년이 지난 지금 말레이시아를 넘어 세계 최대 백랍 공장으로 성장했다.

나는 이곳 쇼룸에 전시되어 있는 백랍 제품을 볼 때마다 그 아름다움에 경탄한다. 은은한 은백색의 백랍은 공기 중이나 물 속에서 부식되지 않아 그 색이 참으로 아름답다. 또한 인체에도 무해해 다양한 주방용품으로 활용되기도 한다. 특히 백랍 맥주 잔이나 머그Mug는 보냉 및 보온성이 우수해 세계적으로도 높은 인기를 누리고 있다. 나는 이곳에 갈 때마다 맥주잔이나 머그를 구입하곤 하는데, 선물로 주기에 부담도 없고 실용적이어서 아주 좋다.

이 지역에서 사용되는 감사패나 인증서도 남다르다. 내가 받은 10여 개 이상의 감사패도 백랍에 음각으로 엠보싱Embossing 한 것이어서, 보기에도 멋질 뿐 아니라 오래 두어도 녹슬거나 변색이 되지 않아 좋다.

백랍의 가장 큰 매력은 뭐니 뭐니 해도 그 예술적 정교함과 아름다움에 있다. 찻잔이나 주전자 등의 생활용품뿐 아니라, 불상과 공자, 유비, 장비 등의 인물을 조각한 제품을 보면 그 표정과 모습이 살아있는 듯 얼마나 섬세하고 화려한지 모른다. 이런 조각상들은 고가에 거래되는데, 백납에 금을 입힌 제품은 그 값이 예술품을 뺨치기도 한다.

12지지地支 백랍 동물 기념품은 로열 셀랑고르의 베스트셀러 제품으로 유명하다.

쥐, 소, 호랑이, 토끼, 용, 뱀, 말, 양, 원숭이, 닭, 개, 돼지의 형상을 본 딴 작고 앙증맞은 동물 캐릭터들은 관광객들의 시선을 사로잡기에 충분하다. 사람들은 자신이 태어난 해, 혹은 가족이나 사랑하는 사람이 태어난 해의 동물 모형을 주로 사지만, 열두 동물 세트는 동서양 사람들을 막론하고 인기가 높다. 나도 가끔 용龍이나 말馬 모양의 동물 모형을 사서 지인들에게 선물하곤 한다.

그러나 내게 가장 소중한 추억이 담긴 백랍 제품은 바로 '지팡이'다.

나의 부친은 구순이 넘으셨다. 다행히 아직도 건강에 큰 탈이 없으시니 장남으로서 그저 감사할 따름이다. 그런데 몇 년 전이었다. 한국 집엘 가보니 아버지께서 알루미늄 지팡이를 사용하고 계셨다. 순간 가까이에서 세심하게 챙겨드리지 못한 죄송함에 마음이 아파왔다.

이후 로열 셀랑고르에 갔을 때 나는 가장 먼저 백조 모양의 손잡이가 달린 멋진 백랍 지팡이를 샀다. 아버님께 드릴 졸수년卒壽年 선물이었다. 그날 내 선물을 받고 흐뭇한 미소를 지으시던 아버지의 모습은 지금도 내 가슴에 깊이 각인되어 있다.

그렇게 어느덧 주석은 내게 가장 가까운 금속으로, 나와 내 가족들에게 기쁨과 행복을 주는 고맙고 따뜻한 광물이 되어 있었다.

말레이시아에는 세계적으로 유명한 리조트가 있다.

마인즈 골프 리조트Mines Golf Resort가 그것이다. 그런데 이것이 주석과 관련이 있다고 하면 모두들 어리둥절해 한다. 말레이시아는 1999년 수도 쿠알라룸푸르에서 1시간 거리에 새로운 행정수도Putrajaya를 건설했다. 그런데 그 근처에는 오래 전에 폐광된 주석 광산이 많았다. 비가 많이 오는 지역이라 파헤쳐진 지면엔 자연스럽게 크고 작은 호수가 만들어져 있었다.

그런 폐광의 지형지물을 그대로 이용해 호텔과 컨벤션센터, 골프장을 갖춘 친환경 리조트가 건설된 것이다. 아무도 찾지 않던 버려진 폐광이 사람들의 편안한 안식처, 훌륭한 관광자원으로 변신한 것이다. 마인즈 골프 리조트는 세계적인 환경 개발 모범사례로 꼽힌다.

이런 사례를 벤치마킹해서 우리나라 강원도 등지의 폐광들도 친환경적으로 재활용될 수 있는 대책을 강구하면 좋겠다는 생각을 한다.

옛날 내가 살던 동네의 집들은 대부분 양철 지붕을 얹고 있었다.

한국전쟁 후 궁핍한 우리 농촌의 전형적 풍경이었던 알록달록한 양철 지붕. 비 오는 날이면 양철지붕 위로 비 떨어지는 소

예전 고향 동네의 집들은 대부분 양철 지붕을 얹고 있었다.
비오는 날이면 요란한 소리에 잠 못 들던 기억이 아스라한데,
나중에 알고 보니 양철은 철판에 주석을 입힌 것이었다.
나의 추억 속에, 주석이 있다.

리가 얼마나 요란하던지 밤새 잠 못 들던 기억은 지금도 아스라하다. 단열도 제대로 되지 않아 여름에는 덥고, 겨울에는 또 얼마나 추웠는지……. 그때는 잘 몰랐지만 양철은 철판에 양쪽으로 얇게 주석을 입힌 것이었다. 광물에 관심도 없던 내가 이제 이 은백색의 백랍에 마음을 빼앗겨버렸다. 더군다나 주석이 우리 인류의 역사와 발전에 큰 공헌을 하였다니 더욱 귀하고 고맙게 느껴진다.

인류의 발전은 알다시피 금속에서 시작되었다.

역사를 청동기, 철기로 나누는 것만 봐도 알 수 있다. 금속은 농기구와 생필품에도 쓰였지만, 교회나 절 등 종교의 상징물을 만드는 데도 쓰였다. 인간의 정신활동과 신앙생활에도 한몫을 한 것이다. 그러나 동시에 금속은 인간이 힘을 과시하고 상대를 살상하는 도구로 사용되기도 했다.

우리 모두 언젠가 돌아가야 할 그곳, 땅은 선하다. 그리고 그 땅에서 생산되는 광물도 본질적으로 선하다. 그러므로 땅에서 나온 모든 것들은 오직 인간을 행복하게 하는 데만 사용되어야 한다.

물론 이런 나의 바람이 불가능하거나 비현실적일 수 있다. 하지만 나는 기원을 멈추지 않을 것이다. 인간이 금속으로 신에게

도전하는 실수를 범하지 않게 해달라고…….

며칠째 유월 장맛비가 신나게 쏟아진다.
어린 나를 밤잠 설치게 만든, 양철 지붕에 떨어지는 빗소리가
새삼 그리워지는 여름밤이다.

한류여, 영원하라!

한류韓流, K-Wave란 아리송한 말은 어디서 시작되었을까.

그 어원을 추적하다 보면 1980년대 일본을 만나게 된다.

1980년대 접어들어 일본에서 홍콩 영화가 대유행을 하였다. 신조어 만드는 데 천재성을 발휘하는 일본 사람들이 당시 이런 추세를 '홍콩류' 혹은 '항류港流'라 불렀다. 그러다 1990년대 들어 일본 애니메이션이나 드라마가 아시아를 넘어 세계적으로 붐을 이루게 되자, 일본은 스스로 항류에 이은 '일류日流'가 시작되었다고 자부했다.

드디어 1990년대 하반기, 한국 드라마와 대중음악이 아시아에서 큰 인기를 얻으면서 일류는 한류에 그 바통을 빼앗기게 된다. 처음 동남아에서 한국 드라마와 아이돌 그룹이 인기를 얻을 때만 해도 이런 흐름이 장기적으로 안착될 것이라고는 아무도 예상하지 못했다. 하지만 한류는 붐을 넘어 신드롬이 되었고, 현재는 대한민국을 대표하는 문화 콘텐츠로 부상했다. 한류는 이제 아시아를 넘어 미국, 유럽, 중남미까지 그 영역을 넓혀가고 있다.

사실 1980년 중반까지만 해도 우리나라 국민소득은 미화USD 2,700불에 불과했다. 그러다가 1976년부터 평균 10%대의 폭풍 경제성장을 거듭한 끝에 1986년 아시안 게임Asian Game, 1988년 올림픽Olympic을 유치하기에 이르렀다. 이 두 가지 이벤트는 대한민국의 이름을 세계에 알렸고, 국가 이미지도 급격히 오르게 되었다.

이런 좋은 분위기는 경제적 효과로도 이어졌다. 한국 제품의 수출이 급증했고, 1990년의 국민소득은 미화USD 6,500불에 이르렀다.

그러나 경제상황이 좋아졌다고 사회적 의식과 철학까지 좋아진 것은 아니다. 당시에만 해도 사회 곳곳에는 부조리가 만연했다. 삼풍백화점과 성수대교 참사, 극심한 노사갈등 등은 한국의 국가 이미지를 다시 추락시켰다. 그 당시 해외에 있었던 우리는 얼굴을 들고 다닐 수 없었다.

부끄러운 이야기지만 그때는 외화를 벌기 위해 여자들까지 수출되었다. 1970년엔 공식적으로 파견된 젊은 여성들이 홍콩 주점에서 일했다. 먼 이국땅에서 낮은 임금을 받으며 혹독한 노동에 시달린 사람들도 많았다.

당시 싱가포르에서도 2,000명 정도의 한인 여성들이 미국 기업 스미스 코로나Smith Corona나 일본 기업 호꾸리꾸Hokuriku와 마쯔시타Matsushita 등에서 박봉을 받으며 고된 공장 일을 했다. 청장년 남성 8,000명은 무더운 건설 현장에서 구슬땀을 흘리며 밤낮없이 일했다. 오직 잘 살아보겠다는 의지 하나로 그 모든 어려움을 버텨낸 것이다.

이 영화 같은 일들이 불과 25년 전 일이다. 오늘의 대한민국을 보노라면 정말 거짓 같다. 나 역시 실감이 나지 않을 지경이니 말이다. 어쨌거나 당시 젊은이들의 피땀 어린 노동의 대가로 한국 경제는 눈부시게 성장했다.

잠시 밀어닥친 IMF 위기도 잘 극복해 세계 10대 경제대국으로 올라섰다. 도대체 이런 나라가 세계 어디에 다시 있을까. 생각하면 할수록 코끝이 찡하고, 가슴 속 깊이 뿌듯함을 느끼게 된다.

이렇게 불과 이삼십 년 전만 해도 남의 나라에 가서 3D 업종에 종사하던 우리나라 젊은이들이 이제 무대 위에서 세계 사람들이 다 부러워하는 '스타'가 되었다. 이는 우리나라가 경제뿐 아니라 문화, 예술, 과학, 체육 분야에서도 눈부신 성과를 거두었기 때문이다. 지금 한류는 1세대와 2세대를 거쳐, 3세대가 활동을 이어가고 있다.

한류는 이제 정부의 조직적 지원을 받고 있다. 미래창조과학부는 한류 콘텐츠와 최첨단 정보통신기술ICT의 융합을 추진하고 있다고 한다. 단순히 중국에 TV 드라마가 수출되고, 한국 가요가 동남아에서 인기를 얻던 한류 초기 시절과 비교하면 장족의 발전이 아닐 수 없다.

우리는 한류를 작은 의미로 해석해서는 안 된다.

2000년 이후 타이완, 홍콩, 베트남, 타이, 인도네시아, 필리핀 등 동남아시아 전역으로 한류가 확산되면서 한국 제품 선호현상으로 이어졌기 때문이다. 여기에 한류의 발전 방향이 있음을 명심해야 한다.

2012년 CJ MAMAM-net Asia Music Award 음악 페스티벌이 싱가포르 실내 체육관에서 열렸다. 만 명의 청중이 운집한 행사에 나도 참여할 기회가 주어졌다. 솔직히 나는 그날 행사의 규모와 무대 장치를 보며 큰 충격을 받았다.

열렬한 환호를 받으며 무대에 오른 아이돌Idol 스타들의 모습을 직접 보면서도 믿기지 않았다. 저들이 정말 우리의 아이들인가. 잘 훈련된 노래와 춤, 완벽한 무대 매너, 최첨단 기술이 접목된 무대장치, 화려한 조명과 의상, 화장 기술 등을 보면서 한류가 어쩌다 그냥 만들어진 것이 아님을 절감했다.

나는 그날 '싸이'는 어쩌다 만들어진 것이란 생각을 완전히 바꿨다.

그것은 바로 우리의 기술과 콘텐츠가 세계 최고 수준에 도달했다는 증거였기 때문이다. 그렇다. 한류는 전쟁으로 폐허가 된 후진국에서 세계 10대 경제대국으로 도약한 대한민국이 보여준 불굴의 정신과 민족적 우수성의 발현이다. 나는 그런 대한민국의 저력을 온몸으로 느끼며, 그 벅찬 순간들을 오래오래 만끽했다.

그러나 잘될 때 뒤를 돌아보라는 말이 있다. 지금 이 순간 우리는 냉정하게 우리 자신을 돌아볼 필요가 있다. 무엇보다 우리의 뒤를 바짝 쫓고 있는 중국을 비롯한 아시아 여러 국가들에 대해 제대로 알고 경계를 멈추지 말아야 한다는 것이다.

신新한류 전략을 지속적으로 발굴하기 위해 다음의 몇 가지 그날 나는 생각이 바뀌었다.
'한류'는 우연이 아니었고 '싸이'는 돌발 인물이 아니었다.
대한민국의 첨단기술과 기획력, 시장 전략이 완벽하게 조화되어
세계 최고 수준의 콘텐츠를 만들어낸 것이었다.

도 짚어봐야 할 것이다.

첫째는 그 누구도 흉내 낼 수 없는 한국만의 정신문화가 접목되도록 창조성을 발휘해야 할 것이다. 둘째로 각 나라의 상황을 고려해 국가별 맞춤 마케팅을 해야 한다. 그리고 마지막으로 영화와 드라마, K-Pop 등의 인기 장르에만 편중하지 말고 다른 장르를 공격적으로 개발하고 확대해야 할 것이다.

그러나 이 모든 전략에 우선해 가장 중요하게 가슴에 새겨야 할 덕목은 바로 다른 나라 사람들에 대한 존중과 이해다. 저개발 국가에 대한 무시와 편견을 버려야 하고, 한류스타 한 사람 한 사람이 우리나라의 홍보대사라는 자각을 가져야 할 것이다. 그래야만 이른바 반한류, 혐한류의 장애를 넘어서 더욱 크고 넓게 한류를 확산시킬 수 있을 것이다.

특히 안타깝게 생각하는 것이 상대적으로 주목받고 있지 못한 우리의 음식문화이다. 중국, 불란서, 이태리, 일본의 음식이 이미 해외 음식 시장을 장악하고 있다. 국민소득 3만 불의 선진국 문턱에 있는 우리나라도 한류를 등에 업고, 한식을 전파할 때다. 음식의 세계화는 부가가치가 높다. 음식에 따른 재료, 부자재와 기술, 프랜차이즈도 상품화되어 전 세계에 진출할 수 있기 때문이다.

한류는 단지 놀 거리를 수출하는 것이 아니다.

최첨단기술과 접목된 종합예술로 우리 국가 경제를 뒷받침하는 주력 수출 분야가 되어야 한다. 한류란 우리의 정신문화이자, 한류의 수출은 곧 우리 정신문화의 수출이다.

함께 힘을 합하면 못할 것이 없다. 우린 이미 그것을 증명했다.

한류여, 영원하라!

싱가포르에서는 사철 아름다운 꽃을 볼 수 있다.
열대지방이지만 이곳에도 계절은 있어
철마다 피는 꽃이 다르다.
일 년 내내 저마다 다르게 피어나는 꽃들이
나무와 어우러져 만드는 전원도시 속에 있다 보면
'아, 바로 이곳이 천국이 아닐까'하는 생각이 드는 것이다.

3장

행복의 발견

꽃과 태몽

나는 꽃을 참 좋아한다.

꽃을 유난히 좋아하는 나를 보고, 무슨 사연이 있냐고 물어보는 사람들도 있다. 하지만 사랑하는 데 무슨 이유가 있을까. 바보 같은 말이지만, 나는 그저 꽃이 좋아서 꽃을 좋아한다. 색깔과 향기, 계절을 가리지 않고 모든 꽃들을 다 좋아하지만, 그중에서도 우리 주변에서 흔하게 볼 수 있는 소박하고 수수한 꽃들에게 더 눈길이 간다.

봄이면 우리나라 방방곡곡에 지천으로 피어나는 개나리는 내게 '고향의 꽃'이다. 어릴 적 어머니는 고향집 앞마당에 닭을 놓아 기르셨는데, 막 피어난 개나리꽃 무더기 아래로 동요의 가사 그대로 병아리들이 떼를 지어 걷곤 했다. 지금도 개나리를 보면 노랗게 만개한 꽃봉오리 아래로 열을 지어 종종거리던 귀여운 병아리들과, 그걸 보며 신기해하던 어린 시절의 내가 동화책의 삽화 한 페이지처럼 떠오른다.

맵찬 추위를 뚫고 피어나는 강인한 꽃 홍매화와 청매화, 그 자태가 고아한 연꽃을 닮았다고 이름 붙여진 백목련, 자목련, 별목련은 따뜻한 봄소식을 전해주는 전령이었다.

나는 아무 곳에나 아무렇지도 않게 피어나는 소박한 민들레와 아카시아도 좋아한다. 수줍은 듯 고개 숙인 자태가 어머니를 꼭 빼닮은 수선화는 내가 많이 사랑하는 꽃이다.

여름날 마치 하늘의 별을 땅에 흩뿌려 놓은 듯 낮게 피는 채송화와 새벽이슬을 머금고 담장을 타고 오르는 나팔꽃은 늘 그렇듯 나의 가슴을 먹먹하게 한다.

정열을 상징하는 빨간 장미, 고독한 아름다움을 물씬 풍기는 들장미 등 초여름을 장식하는 장미들도 한결같이 내 마음을 설레게 한다. 같은 장미목 장미과의 식물이면서도 장미처럼 화려하지 않고, 정열을 속으로 간직한 동양 여인 같은 자태의 찔레꽃이 하얗게 피는 밤이면 아직도 가슴이 두근거린다.

고향집 울 밑에 다소곳이 피어나던 나팔꽃과 채송화는 누이와 같은 꽃이고, 여름날 봉숭아꽃은 꿈에서도 잊을 수 없는 엄마의 꽃이다. 돌절구에 분홍 꽃잎을 곱게 다져 내 손톱에 감싸 주시고, 가족들을 위한 소원을 가득 담아 당신 손톱에도 정성스럽게 물들이시던 모습은 잊지 못할 한여름 밤의 단상이다. 아직도 눈 감으면 떠오르는 그 여름날의 추억, 봉숭화 꽃잎 속엔 그 무엇과도 바꿀 수 없는 보물 같은 기억이 깃들어 있다.

사군자의 하나로 예로부터 우리 조상들이 귀히 여겨온 국화도 좋지만, 가을바람 소슬할 때 지천으로 피는 들국화가 내겐 더 감동적이다. 또 가을 들녘을 걸을 때면 까르르 웃음을 터뜨리듯 바람에 흔들리는 코스모스는 어릴 적 여동생을 닮아서 정겹다. 가을이 더욱 깊어져 구절초가 필 무렵이면 나도 모르게 깊은 사색에 잠기곤 한다.

혹독한 추위를 견뎌야 하기에 우리나라 겨울 꽃들은 귀하다.

겨울 꽃의 으뜸은 누가 뭐래도 동백이다. 향기가 없는 동백에 어떻게 새가 날아들까. 동백은 향기가 없는 대신 그 붉디붉은 빛으로 동박새를 부른다. 중국 청나라의 화가 화암華嵒은 '화품평론'이란 책에서 이렇게 동백을 칭송했다.

"동백은 청수한 꽃을 지닌 데다 빛나고 윤택한 사시四時의 잎을 겸했으니 화림花林 중에 뛰어나고 복을 갖춘 꽃이다."

동백은 혹독한 추위 속에서 꽃을 피우면서도 장수한다. 어려운 세상에 오래 빛이 되고픈 나의 바람을 동백이 온몸으로 말

나는 아무 곳에나 아무렇지도 않게 피어나는
소박한 민들레와 아카시아가 더 좋다.
수줍은 듯 고개 숙인 자태가 어머니를 꼭 빼닮은 수선화는
내가 많이 사랑하는 꽃이다.

해주는 것 같아 더욱 마음이 끌린다.

　나는 특이한 태몽을 갖고 있다.

　내가 태중에 있을 때 할머니께서 태몽을 꾸셨는데, 신기하게도 지천에 만개한 아름다운 꽃을 보셨다고 한다. 당연히 집안 어른들은 딸이 태어날 것이라고 생각했단다. 그런데 예상을 깨고 아들이 태어난 것이다. 할머니께서는 너무나 기뻐서 몇날 며칠을 지리산 자락 밑의 조용한 고향 마을을 춤추듯 돌아다니며 손주 자랑을 하셨다고 한다. 내가 꽃을 좋아하는 것이 어쩌면 운명적인 것은 아닐까란 생각이 드는 것은 이 에피소드 때문이다.

　또한 내가 태어난 달은 음력 6월로, 온 세상에 꽃이 만발하는 때이다. 나는 태몽으로 꽃을 보여주시고, 태어나는 순간에도 이 세상을 꽃으로 장식해주신 것이 모두 하늘의 뜻이라 감사히 여기고 있다.

　할머니께서는 나에게 영락英樂, 꽃부리 영, 즐거울 낙이라는 아명兒名도 붙여주셨다. 이후 학교에 들어가면서 지금의 이름으로 바뀌었지만, 그때도 어른들께서 할머니의 태몽을 상기하며 '꽃부리 영英' 자를 빼지 않고 넣어주셨다.

　꽃을 좋아하지 않는 사람이 어디 있겠느냐만은, 꽃에 대한 나의 사랑은 확실히 유난스럽다. 그러니까 내가 막 결혼한 무렵이었다. 신혼 초에는 살림이 넉넉지 않아 월세집이나 전셋집을 전전했다. 그런 상황에서도 나는 늘 꽃을 한아름 사서 책상 위에 꽂아두곤 했다. 고운 꽃을 바라보기만 해도 마음이 평화로워지고 온몸의 피로가 사라졌기 때문이다.

딸 둘이 태어나자 우리 딸들도 저 꽃들처럼 아름답게 커주기를 바라는 마음에서 더욱 더 열심히 꽃을 사다 꽂았다. 아내는 만만치 않은 꽃값을 지출하는 나에게 가끔 핀잔을 주기도 했지만, 그 정도쯤은 지출해야 문화인이라 우기며 나는 계속 꽃을 사들였다. 나만큼 꽃을 좋아하는 아내는 못이기는 척 기꺼이 나의 뜻을 따라주었다.

그렇게나 좋아하던 한국 꽃들을 이곳 싱가포르에서는 잘 볼수 없다.

그래서 사철 피고 지는 베고니아나 포인세티아 종류의 꽃들을 사서 집안 곳곳에 놓아둔다. 화려하지만 지나침이 없는 빛깔과 자태가 맘에 꼭 들기 때문이다.

나는 지금도 매주 일요일이면 꽃집에 들러 아내에게 꽃을 선물한다. 꽃꽂이를 정식으로 배운 적이 없지만 아내의 꽃 다루는 솜씨는 제법이다. 가지를 쳐서 그냥 꽃병에 척척 꽂는 것 같

꽃을 좋아하는 사람은 꽃을 꺾지만,
꽃을 사랑하는 사람은 꽃에 물을 준다고 한다.
우리의 영혼을 다독이는 손길이자, 세상을 긍정의 힘으로
바라볼 수 있게 해주는 치료제, 꽃!

은데 어느새 멋진 작품이 되니 신기할 따름이다. 아직도 소녀의 심성을 간직한 아내의 작품은 내게 어떤 전문가의 작품보다 아름답고 감동적이다. 꽃집으로 향하는 내 발걸음이 멈추지 않는 또 하나의 이유, 나의 아내이다.

꽃이 있으면 집안의 분위기가 달라진다.

꽃이 만개한 분위기에서 큰 소리를 내거나 다투기는 쉽지 않다. 꽃은 사람의 마음을 평화롭게 해주어 꽃이 있는 가정은 절로 화목해지는 것이다. 그렇게 꽃은 치열한 경쟁사회에서 긴장되어 있던 심신을 부드럽게 위무해준다. 꽃은 우리의 영혼을 다독이는 손길이자, 세상을 긍정의 힘으로 바라볼 수 있게 해주는 치료제이다.

흔히 꽃은 또 여자로 비유된다.

실제로 딸 둘이 있는 우리 집은 꽃밭이다. 할머니의 태몽 덕분에 이렇게 나는 평생 아름다운 꽃에 둘러싸여 살게 되었는지도 모르겠다. 싱가포르에 살면 한국의 꽃을 보기 어렵지만, 일년 내내 꽃을 즐길 수 있다는 좋은 점도 있다. 어떤 사람들은 열대지방인 싱가포르에는 늘 같은 꽃만 핀다고 생각하지만 그것은 오해다.

이곳에도 계절이 있어 철마다 다른 꽃들이 피어난다. 꽃과 나무가 어우러진 싱가포르에서 살다보면 이곳이 낙원이 아닐까,

생각한다.

꽃을 좋아하는 사람은 꽃을 꺾지만, 꽃을 사랑하는 사람은 꽃에 물을 준다는 말이 있다. 이렇게 좋은 곳에서 살게 해준 하나님께 감사하며, 나도 가족과 소중한 사람들에게 사랑의 물을 주는 사람이 되어야겠다는 다짐으로 오늘도 꽃과 함께 향기로운 싱가포르의 하루를 연다.

결혼식 주례를 서다

1993년 10월 어느 날이었다.

삼성에 근무하는 중국 현지 직원이 한국 여성과 결혼을 한다며, 제발 주례를 맡아달라고 내게 간곡하게 청해 왔다. 나는 상상도 못 해본 부탁에 당황해 선뜻 대답을 하지 못했다. 집으로 돌아와 아내와 상의해봤지만 뾰족한 대답은 나오지 않았다. 결국 며칠을 고민하다 고사를 하였다.

주례를 서기엔 당시 내가 너무 젊은데다가 사회경험도 충분하다 할 수 없었고, 내 자식들도 어려 진정으로 교훈이 될 만한 조언을 하기는 어렵다는 생각을 했기 때문이다. 그 후에도 주례 부탁이 들어올 때마다 위의 이유를 들어 정중히 거절하곤 했다.

그런데 막상 내 자식들이 결혼할 때가 되고 보니 주례를 모시는 일이 너무나 중요하다는 것을 깨닫게 되었다. 주례는 혼례를 주재한다는 의미뿐 아니라, 부부의 연을 증명하는 증인 역할도 하는 것이므로 그 상징성은 더욱 크다. 그래서 더욱 신중히 주례를 모셔야 한다는 것을 절실히 느꼈던 것이다.

그렇게 자식 셋을 결혼시킬 때마다 신랑, 신부 당사자들과 양가 부모들의 의견을 물어 신중에 신중을 기하여 주례를 결정하였다. 결정한 후에는 주례 맡을 분을 찾아가 부탁하고 허락을 얻기까지 상당한 정성을 기울여야 했다.

50여 년 전 내 결혼식에서 주례를 맡아주신 분은 부모님과 연이 있는 고향의 저명인사셨다. 나는 지금도 결혼식 날 주례 선생님이 들려주신 말씀을 똑똑히 기억하고 있다. 그리고 이후 그 말씀은 실제로 결혼 생활을 하는 데 중요한 정신적 버팀목이 되었다. 세 아이들 결혼식 날에 주례 선생님의 말씀을 귀담아 잘 들으라고 일러준 이유도 그것이었다.

그러던 나도 결국 주례를 서게 되었다. 차마 거절할 수 없는 두 사람 때문이었다.

2011년 6월, 고향 후배가 싱가포르 사무실로 연락을 해왔다. 자식이 결혼을 하는데 부디 주례를 서달라는 간곡한 부탁이었다. 나는 싱가포르에서 한국으로 가기 어렵다는 핑계를 들어 거절했다.

주례를 선다는 것은 한 쌍의 남녀가 손을 맞잡고
세상 속으로 나아가는 신성한 출발에 증인이 된다는 의미이다.
과연 내가 그들에게 모범이 될 만한 삶을 살았던가, 되돌아보게 된다.

그러나 후배는 오랫동안 고심하고 고심한 끝에 내린 결론이라며 진심으로 간청하는 것이었다. 재차 삼차 고향 사람들까지 동원하여 사양했지만 너무도 간곡한 청에 그만 허락할 수밖에 없었다.

그렇게 주례를 수락한 뒤 결혼식까지는 대략 90여 일의 시간이 남아 있었다. 시간은 충분했지만 아무래도 처음 맡아보는 주례라 부담감과 책임감이 컸다.

일단 주례를 제대로 보려면 신랑 신부 두 사람에 대해 잘 알아야겠다 싶어 나는 틈을 내 예비부부를 만났다. 몇 번의 만남을 가지면서 두 사람이 살아온 인생과 앞으로의 계획 등에 대해 자세히 알 수 있었다. 그런 노력 끝에 나는 마침내 두 사람에게 꼭 맞는 맞춤형 주례사를 준비할 수 있었다.

드디어 결혼식 날, 무사히 주례를 마치고 싱가포르 행 비행기에 오르자 마음이 무척 흐뭇하였다. 부담스럽던 예식이 끝났다는 것도 있었지만, 인생의 출발점에 선 한 쌍의 부부에게 내 삶의 지혜를 전할 수 있었다는 사실에 인생 선배로서 소임을 다한 것 같아 뭐라 설명할 수 없는 뿌듯함이 차오른 것이다.

그리고 2년 뒤 2013년 11월, 나는 두 번째 주례를 서게 되었다.

초등학교부터 고등학교까지 같은 학교를 다닌 동창의 부탁이었는데, 그는 40년 전 내가 결혼식 사회를 봐준 친구였다. 친구는 자기 덕분에 우리가 잘 살고 있으니, 이번엔 자기 아들 결혼식 주례를 서 달라고 떼 아닌 떼를 쓰며 졸랐다. 나는 차마 친구의 부탁을 거절하지 못했다.

첫 번째 주례 때와 마찬가지로 예비부부를 만나 그들이 살아온 과정과 이루고자 하는 꿈에 대해 경청하며 그들만을 위한 주례사를 준비했다. 만반의 준비를 마친 나는 첫 번째보다는 좀 더 당당히 식장에 들어설 수 있었다. 식장에는 고향의 선후배와 동기, 친구들이 자리를 가득 메우고 있었다. 나는 철저한 준비와 지난 경험을 바탕으로 주례 역할을 훌륭히 해낼 수 있었다.

두 번째 주례에서 잊지 못할 일은 '시'를 낭송한 일이다.

며칠 전에 신랑 아버지가 보내준 인디언의 결혼 축시였다. 아이들 주례사에 꼭 낭송해주었으면 좋겠다는 간곡한 부탁과 함께.

주례사 도중 '두 사람'이란 제목의 시를 낭송하는데, 며느리를 맞이하는 시아버지의 진심이 고스란히 전해져와, 마치 내가 새 식구를 들이는 양 가슴이 뭉클했다.

주례를 선다는 것은 한 쌍의 남녀가 세상 속으로 나아가는 신성한 일에 증인이 된다는 것이다. 물론 과연 내가 젊은이들에게 진정 모범이 될 만큼 부끄러움 없는 삶을 살았던가 돌아보며 오랫동안 주례를 수락하지 않았던 적도 있었지만, 자의반 타

두 사람

이제 두 사람은 비를 맞지 않으리라.
서로가 서로에게 지붕이 되어 줄 테니까.

이제 두 사람은 춥지 않으리라.
서로가 서로에게 따뜻함이 될 테니까.

이제 두 사람은 더 이상 외롭지 않으리라.
서로가 서로에게 동행이 될 테니까.

이제 두 사람은 두개의 몸이지만
두 사람의 앞에는 오직 하나의 인생만이 있으리라.

의반으로 어쩔 수 없이 두 쌍의 결혼식 증인이 되고 보니 나름 보람되고 기쁨도 있었다.

그래서 오늘 다시 모든 부모를 대신한 주례의 심정으로 젊은 이들에게 한마디 하고자 한다.

청춘들이여!

되도록이면 적령기를 넘기지 말고 결혼하여 자식 많이 낳아 부모님께 효도하고, 사회의 당당한 일원이 되어 늘 봉사하고 서로 사랑하며 건실한 사회, 아름다운 세상을 만들 책임과 의무를 다하여 다오!

■ 싱가포르의 결혼제도

싱가포르의 결혼은 우리와는 조금 다르다. 일찍이 영국의 영향을 받은 탓에 남녀가 서로 결혼을 합의하면 먼저 가족 간 상견례를 하고 결혼 전에 정부 등록처에 등록부터 해야 한다(ROM: Registry of Marriage).

이때 정부에서 지정한 21세 이상 증인(Witness) 2명의 입회 하에 결혼 선서를 함으로써 등록이 이루어진다. 결혼식에 주례는 따로 없고, 예식 거행자(Solemnizer ex. Justices of the Peace)가 한다는 것이 우리와 다르다.

가끔 결혼식을 마치고 등록하는 부부도 간혹 있지만, 2~3년 전에 결혼

등록부터 하고 결혼식은 여러 가지 사정이 합당할 때 하는 경우가 더 많다. 결혼을 서약하고 둘이서 돈을 저축하여 집을 구하는 등 결혼 준비를 한다는 의미일 것이다.

싱가포르의 결혼식은 일가친척, 친구, 동료들을 모아놓고 한국과 비슷하게 한다. 주례사 대신에 신랑, 신부 가족 중 한 분이 대표로 나와 신랑, 신부가 성장할 때부터 현재까지의 이야기를 하고, 친한 친구 한둘이 신랑, 신부에 대한 덕담이나 성취한 사회생활에 대하여 설명하는 시간을 갖는다.

결혼 축의금은 따로 없고, 참석한 사람들은 밥값 정도를 빨간 봉투나 황금색 봉투에 넣어 전달한다.

컬렉션에 빠지다

내 어린 시절 우리나라는 참으로 가난했다.

초등학교 졸업할 때까지 구호물자로 받은 탈지분유를 물에 타서 마시거나 그것으로 구운 빵을 먹으며 자랐다. 세끼 보리밥도 얻어먹기 힘든 보릿고개를 처절하게 겪으며 중고등학교에 진학했지만, 4·19와 5·16 등 극심한 혼란의 소용돌이가 기다리고 있었다.

당시의 상황에서 '수집'이란 꿈도 꿀 수 없는 사치였다.

물론 그때도 우표를 수집한다던가 하는 취미를 가진 사람이 있었지만, 일반 서민은 여전히 먹고살기 위해 허덕이며 살았다. 나도 대학을 다니면서 잠시 레코드판과 해외 지폐, 동전 따위를 수집하긴 했지만 제대로 할 수는 없었다.

　한마디로 지금과 같은 컬렉션 취미는 상상 너머의 세계였다. 그러던 내가 아주 우연한 기회로 본격적인 컬렉션 취미를 갖게 되었다.

　1978년 5월, 대만에 출장 갔다가 돌아오는 비행기 안에서였다. 당시 나는 홍콩에서 상사 주재원으로 근무하고 있었다. 이륙 후 한 시간쯤 지났을까, 옆 좌석에 앉은 중년의 한국인 한 분이 슬슬 말을 걸어오기 시작했다. 이런저런 이야기를 나누던 중 그분이 대뜸 "주재원이면 영어를 잘 하시겠네요?"라고 하는 것이었다. 그러면서 자신은 전남대학교 미술학과장 김영택 교수라고 소개했다. 대만에서 전시회를 마치고 홍콩으로 가는 길인데 도움이 필요하다는 그의 말에 나는 흔쾌히 그러겠노라고 대답했다.

　홍콩에 도착한 후, 나는 그분을 위해 주말 내내 성의껏 시내 안내를 해드렸다. 그분은 홍콩을 떠나던 날, 내 인생에 소중한 기점이 되는 선물을 주었다. 화려한 금빛 프레임에 들어 있는 9호 정도의 정물화 한 점이었다. 물론 그 그림은 38년 지난 지금도 안방에 잘 걸려 있으며, 그 그림을 볼 때마다 지난 추억을 떠올리며 미소 짓는다.

　사실 나는 학창시절부터 그림엔 영 소질이 없었다. 미술시간만 되면 엉뚱한 짓이나 했던 그런 나에게 그래서 그림 선물은 조금 낯설었다. 더군다나 마음에서 우러난 봉사에 대해 대가를 받는 것 같아 영 내키지 않았지만 차마 그분의 성의를 거절할 수 없었다.

당시 내가 살던 곳은 21평 남짓한 작은 아파트여서 마땅히 그림을 둘 곳도 없었다. 나는 거실 달력 옆에 억지로 자리를 마련해 그림을 걸어두었다.

그렇게 그림을 보고도 별 감흥을 느끼지 못한 채 몇 달이 흘러갔다.

그런데 어느 날 아침 무심히 그림을 보고 있는데 마침 심란했던 마음이 차분히 가라앉는 것이었다. 나는 그날 그 신비로운 체험을 통해 그림도 음악처럼 사람의 마음을 치유해준다는 것을 깨닫게 되었다.

그 후 외국에 나갈 때마다 그 나라의 특징이 잘 배어 있으면서도 값이 그리 과하지 않은 소품들을 구입하기 시작했다. 지금 소장한 그림은 한 30여 점 되는데, 모두 캄보디아, 베트남, 태국, 미얀마, 인도네시아 등지에서 내가 직접 구입한 작품들이다.

1980년 중반 중국이 개방되기 전, 이상하게도 싱가포르에서는 중국 화가들의 전시회가 자주 열렸다. 덕분에 나도 일 년에 두어 번씩은 전시회에 가서 중국과 싱가포르 화가들이 그린 작품을 구입하곤 하였다. 그러나 그렇게 25년 전에 구입한 중국 화가들의 그림은 현재 내가 구입한 가격의 몇 배를 주어도 구할 수 없을 만큼 가치가 높아졌다고 한다. 중국의 경제가 발전하면서 수요가 늘어나니 그림 값도 나날이 오르는 모양이다. 지금은 중국 화가들의 그림을 사고 싶어도 엄두 내기 어려운 정도이다.

몇 년 전부터 직장 때문에 서울에 머무는 시간이 많아졌다. 덕분에 고향 후배의 소개로 화가, 서예가, 조각가, 명창, 시인 분들이 회원으로 있는 친목회에 가입하게 되면서 다양한 분야의 예술가들과 교류하게 되었다. 유명한 가나아트 관장님도 그곳에서 알게 되었다. 그분을 통해 유화, 수채와, 판화, 조각 등 한국 예술에도 눈을 뜨게 되었다.

현재 싱가포르와 한국의 집에 소장하고 있는 작품은 30여 점이 넘는다. 몇 점은 2008년 금융위기 이후 국내 그림 값이 제자리를 찾았을 때 구입한 것이고, 몇 점은 작가로부터 직접 선물받은 것이다.

나는 수집한 작품들을 모두 다 전시해 놓고 있다. 그중에서도 내가 제일 아끼는 것은 31년 전 인도네시아 발리 섬으로 가족여행을 갔을 때, 미화 300불을 주고 구입한 40호 크기의 인도

어느 날 그림을 보다가, 헝클어졌던 마음이
차분히 가라앉는 신비로운 체험을 하게 되었다.
그림에도 사람의 마음을 치유해주는
힘이 있다는 것을 깨닫게 된 것이다.

네시아 토속화이다. 이 그림은 보면 볼수록 기분이 좋아지고 마음에 행복감이 넘친다. 여행을 즐기면서 우연히 구입한 그림 한 점이, 몇 십 년에 걸쳐 내 생활의 즐거운 낙樂이 될 줄이야!

그림이나 조각이 꼭 비싸야 좋은 것은 아니다. 가격을 떠나 자신의 취향대로 정성껏 골라 수집하는 재미와 또 그 작품을 보며 느끼는 자기만의 짜릿한 행복감이 있다면 그걸로 충분하다. 그것이야말로 돈으론 실로 다 계산할 수 없는 진정한 즐거움이 아니겠는가.

그래서 나는 지인들에게 적극 권한다.

관심이 가는 분야라면 그것이 무엇이든 컬렉션 해보라고.

그러다 어부지리漁父之利를 얻게 되면 그 또한 좋고!

명상을 습관으로

나의 싱가포르 생활 40년은 한마디로 치열했다.

다인종·다언어 사회, 화려한 국제도시에서 치열한 생존경쟁에 내몰리다 보니, 마음이 편히 쉴 틈이 없었다.

그런 꽉 짜인 일상 속에서 나름의 휴식을 갖기 위해 시작한 나만의 힐링법이 있으니 바로 명상瞑想, Meditation이다. 정신 건강을 위해 해보자는 가벼운 생각에 시작한 명상이 어느덧 몸과 마음을 가라앉히는 소중한 습관이 되었다.

싱가포르는 국토의 절반이 숲이고, 사면으로 바다에 접해 있다. 그리고 우기와 건기가 뚜렷해서 명상하기에 이만한 곳이 없다. 장대비가 시원하게 쏟아지는 우기에는 싱그러운 숲을 바라보며 고요히 마음을 내릴 수 있고, 걷기에는 청량한 숲속이나 바닷가의 벤치에 앉아 새 소리, 바람 소리, 파도 소리를 들으며 명상을 하다 보면 저절로 마음이 평화로워지고 정신이 가다듬어진다.

명상이라는 거창한 이름을 붙였지만, 사실 내 명상법은 쉽고 간단하다. 누구라도 마음만 먹으면 언제든지 할 수 있다. 내가 원하는 순간, 원하는 장소에서 전신에 힘을 빼고 심신이 고요해지면 고요히 나를 지켜보며 성찰하는 것이기 때문이다.

숲이나 바닷가에 앉아 명상하고 있는 내 모습을 남들이 본다면, 아마 멍청히 앉아 있다고 생각할지 모르겠다. 요즘 사람들은 그런 걸 '멍 때린다'고 한다던가.

비록 남에겐 근사하게 보일지 않을지언정, 그렇게 한참을 앉았다 일어나면 몸과 마음이 한결 가벼워지고 온몸에 엔돌핀이 도는 것을 생생하게 느낄 수 있다. 그래서 남은 하루의 일과를 더욱 활기차게 마무리할 수 있음은 말할 필요도 없다.

이왕 말이 나온 김에, 나의 주말 명상법을 소개해보겠다.

주말 명상법의 핵심은 '음악'과 '잠'이다. 주말 오전에는 내가 좋아하는 음악을 잔잔히 틀어놓고 거실 소파에 드러누워 온몸을 이완한 채 명상을 한다. 몇 시간을 그 상태로 있기도 하지만, 이내 깊은 잠에 스르르 빠져들기도 한다. 잠이 최고의 명상이라 했던가. 잠에 빠져든다는 것은 완벽하게 이완이 되었다는 뜻이니 이 또한 얼마나 좋은가.

누가 뭐라고 하든 이렇게 자연과 집안에서 '내 멋대로 명상법'을 계속 해온 덕분에 이 나이가 되도록 건강을 유지한다고 나는 굳게 믿고 있다.

2013년 10월 31일, 나는 그때 서울 출장 중이었다.

마침 라디오에서는 이용의 '잊혀진 계절'이라는 노래가 흘러나오고 있었다. 감회에 젖어 노래에 푹 빠져 있던 나는 후배로부터 전화 한 통을 받게 되었다. 후배는 오늘 밤 그림과 음악이 있는 전시회가 있으니, 서울 평창동에 있는 가나 아트 갤러리로 꼭 와달라고 당부했다.

그야말로 시월의 마지막 밤이 서늘하게 시작되는 저녁 퇴근길, 나는 서둘러 차를 돌려 평창동으로 향했다. 갤러리에 도착해 막 복도를 걸어가는데, 계단 옆에 있던 조각 작품 하나가 내 눈에 들어왔다. 11명의 군상群像들이 마치 도를 닦는 듯 일렬종대로 늘어선 조각 작품을 보는 순간, 나는 범상치 않은 기운을 느꼈다. 철鐵로 만들어진 2미터 70센티미터 높이의 그 작품은 배형경 작가의 것이었다. 나는 그 작품을 구입해 서울 집 거실에 갖다 놓았다.

그리고 며칠을 오고 가면서 조각상을 곰곰이 살펴보았다. 조각상은 쭈그려 앉아 있는 사람, 비스듬히 앉아 있는 사람, 거꾸로 서 있는 사람, 옆으로 무심히 앉아 있는 사람, 돌아 앉아 있는 사람들의 머리 위에 큰 돌이 얹힌 형상이었다.

그 조각상의 그 무엇이 그토록 나의 마음과 눈길을 잡아당겼던 것일까.

배 작가는 30여 년 경력의 베테랑 조각가이다. 언제나 '사람'에 대한 시선을 거두지 않는 그는 조각의 본질적인 영역을 지키면서도 인간 본연의 고뇌와 철학적 사유를 잃지 않는 것으로 유명하다. 배 작가의 작품들은 가볍지 않다. 오히려 무표정하고 별 특징이 없어 보이는 군상들로 인해 인간의 고통과, 갈등, 절망 등이 더욱 절실한 화두로 다가오는 것이다.

배 작가의 작품 주제는 언제나 그렇듯, 인간의 본질과 내면에 관한 탐구이다. 그래서인지 모든 작품들이 하나같이 '명상'을 하고 있다는 느낌을 준다. 어떤 수행자가 자신의 전 존재를 걸고 삶의 이유와 본질에 관해 진지하고 절실하게 명상하는 듯 보이는 것은 나 또한 그런 마음으로 살고 있어서일까.

사실 고뇌는 나쁜 것이 아니다.

고뇌가 있으므로 우리는 그 고뇌의 근원을 찾고자 명상을 한다. 마치 미움이 있기에 사랑이 필요하고, 아픔이 있기에 위로가 있듯, 우리 인간에게 필연적인 고뇌와 괴로움으로 인해 명상을 하게 되고, 그 결과 가장 순수하고 높은 영적 수준에 이르게 되는 것이다.

모든 성자들의 일화를 보더라도 알 수 있다. 극한의 고뇌 끝에 그들은 깨달음을 얻지 않는가. 우리도 고뇌하고 또 하다 보면, 언젠가 성자가 될 수 있다는 믿음으로 살아야 한다. 그런 면에서 고뇌와 명상의 개념은 다를지 몰라도 본질적으로는 같은 뿌리를 가진 것이 아닐까 생각해본다.

하지만 나는 예나 지금이나 '고뇌'보다는 '명상' 쪽에 관심이 더 많다. 빛이 모든 어둠을 사라지게 하듯, 명상이 인간의 본질적 고뇌를 덜어 준다고 믿기 때문이다.

그래서인지 남들은 어둡다고 하는 배 작가의 조각들이 내겐 한없이 편안하게 느껴진다. 우리 집에 놓인 조각상을 오며가며 바라보기만 해도 이상하게 맺혔던 마음이 풀리게 된다. 가끔은 홀로 빙긋 웃기도 한다. 조각상의 군상들이 저마다 서로 다른 방향을 향해 앉아 있는 모습에서 나는 나의 과거를 반추하게 된다. 그래서 더 친근하게 느껴지는 것인지도 모르겠다.

처음에는 무슨 조각상이 머리만 많냐고 하던 집사람도 자꾸 보다 보니 정말 많은 것을 느끼게 해주는 매력적인 예술품이라고 한다. 집사람도 그 안에서 우리들의 본질과 내면을 보았던 것일까.

이렇게 좋은 예술 작품 하나는 억만금을 주어도 살 수 없는 평안과 행복을 준다. 더군다나 배 작가의 작품은 그 자체가 명상의 대상이다. 주로 자연이나 음악과 함께 하던 나의 명상법이 예술 작품으로까지 확대된 것이다.

자신을 돌아보고 변화시킬 수 있는 가장 자발적인 방법이 명상이다.

한 곳에 마음을 집중하여 자신을 진지하게 돌아보며 자기성찰과 더불어 미래의 계획을 세울 수 있는 명상은 특정 종교와도 관련이 없다. 불교에서의 참선參禪과 천주교의 기도祈禱처럼 형식을 갖춰야 하는 것도 아니고 무슨 특별한 사람만 할 수 있는 것도 아니다.

그래서 나는 주변 사람들에게 틈틈이 시간을 내서 명상을 하라고 권한다.

장대비가 시원하게 쏟아지는 우기에는 싱그러운 숲을 바라보고
건기에는 바닷가 벤치에 앉아 고요히 나를 지켜보노라면
새 소리, 바람 소리, 파도 소리에 저절로 마음이 평화로워진다.

자신의 마음을 이기는 사람이 세상에서 가장 강한 사람이며, 어떤 순간에도 내면을 고요히 할 수 있는 사람이 세상에서 가장 위대한 사람이 아니겠는가!

양란洋蘭이라는 신세계

내가 꽃을 좋아한다는 이야기는 이미 앞에서 했다.

이번엔 난초 얘기를 하려고 한다. 내가 난초를 좋아하기 시작했던 것은 중고등학교 시절이었던 듯하다. 집 앞마당에 새벽이슬을 머금고 피어 있는 난초를 볼 때면, 신비한 아름다움에 가슴이 울렁거렸다.

그러나 사실 난초에 대해서는 수업시간에 사군자라는 것을 배우며 자세히 알게 되었다. 난초는 외떡잎식물 중에서 가장 진화된 식물군이다. 세계에 약 700속 2만 5000종이 알려져 있으며 그중 한국 자생종은 39속 84종이다. 극지방을 제외한 전 세계에서 자생하는 난초는 특히 열대지방의 운무림雲霧林에서 잘 자라는 여러해살이 식물이다.

두 세 뿌리에서 쭉 뻗은 초록 잎새는 청아한 절개를 상징한다. 정렬해 있는 줄기는 충성의 마음을 상징한다. 그래서 예로부터 선비들은 곧게 뻗은 난 잎의 기세와 단출하면서도 고고한 자태를 선호했다.

동양화 전시회에 가보면 웬만한 병풍에는 모두 난초가 그려져 있다. 그림을 천하다고 생각했던 유교문화에서 유일하게 선비들이 즐겼던 그림이 사대부화士大夫畵이다. 사대부화의 단골 소재가 바로 난초였다. 종이와 붓, 먹만으로 그렇게 멋들어진 작품이 나올 수 있다는 사실은 참으로 경탄스럽다.

내가 처음으로 양난을 보게 된 것을 대학시절이었다.

어느 날 교수님 연구실에 들어서는데, 보라색 가느다란 꽃이 앙증맞게 피어 있는 고운 난초 한 분이 책상 위에 있었다. 생전 처음 본 양란이었다. 그만 첫눈에 반해버린 나는 연구실을 나오자마자 난초를 구입하러 시내에 나갔다. 당시에는 화원이나 꽃집이 흔하지 않던 때라 하루 종일 헤매다 해질 무렵에서야 겨우 양란 한 분을 구할 수 있었다. 그것을 하숙방 책상 위에 고이 올려놓고, 밤새 홀로 감탄하였다.

그런 양란을 이곳 싱가포르에서는 원도 없이 키울 수 있으니 얼마나 좋은지 모른다. 난Orchid은 싱가포르의 국화國花다. 싱가포르의 집 가까운 곳 식물원 안에는 양란 연구소가 있는데, 그곳에서는 수 천 가지의 양란이 개종되어 새로 태어난다. 사람들은 이곳을 난 정원Orchid Garden이라고도 부르는데, 축구장 크기의 정원에서 사시사철 아름다운 양란들이 향연을 펼치고 있는 것이다.

싱가포르 정부는 외국의 VIP들이 방문하면 새로 개종된 양란에 그 사람의 이름을 붙인다. 이를테면 이곳을 방문한 우리나라 대통령이나 영부인의 이름을 따서 김대중, 이명박, 이순자, 박근혜 등등의 이름을 지어주는 것이다.

싱가포르 난은 그 종류도 많고 모양도 가지가지다. 싱가포르 기후조건이 양난 키우기에 딱인 것이다.

몇 년 전 아내가 내게 이런 제안을 해왔다.

늘 꽃이 떨어지지 않는 우리 집인데, 생화는 오래 가지 못하니 차라리 화분을 구입하자고. 나는 흔쾌히 그러자고 했다. 그 때부터 싱가포르의 상징인 양란, 오키드Orchid를 정기적으로 구입하고 있다. 동양난의 매력이 잎에 있다면, 서양난의 매력은 꽃에 있다 할 수 있다.

오키드는 형형색색의 꽃을 자랑한다. 빨강, 노랑, 자주, 보라

등등 다채로운 색도 색이지만 꽃잎의 모양도 다양해서 키우는 재미가 특별하다. 우리나라 야생화 같이 올망졸망하게 생긴 것이 있는가 하면 나비처럼 활짝 펼쳐진 모양도 있어 항상 눈을 즐겁게 해준다. 생화에 비해 조금 가격이 나가긴 하지만 꽃을 한 달 이상 볼 수 있어 투자 대비 효용도 좋은 편이다. 우리 집에는 사시사철 아름다운 양란들이 자태를 뽐내고 있다.

양란 중에서도 유명한 것은 시프리페디움Cypripedium, 라일리아Laelia, 반다Vanda 종류다. 나는 그중에서도 온시디움Oncidium을 제일 좋아한다. 그러나 꽃은 화려하지만 향기가 없다는 것이 흠이라면 흠이다. 하지만 난의 노란 꽃을 가만히 들여다보고 있노라면 마치 사람 같기도 하고, 호수에서 춤추는 백조 같기도 해서 얼마나 예쁘고 앙증맞은지 모른다. 나는 온시디움에게 '춤추는 꽃Dancing flower'이라는 별명을 붙여주었다. 그래서 아내는 '춤추는 꽃'이라 하면 금방 알아듣고 온시디움을 구입해온다. 이 난의 주산지는 남아프리카와 서인도제도인데, 창포 잎처럼 넓은 잎을 가지고 있어 그것도 내 마음에 쏙 든다.

파레놉시스Phalenopsis 역시 내가 좋아하는 양란이다.

파레놉시스는 싱가포르에서 상업용으로 가장 많이 애용되는 꽃인데, 꽃대 길이가 무려 1미터 가까이나 된다. 닭벼슬 모양의

양난을 좋아하는 사람에게 싱가포르는 천국이다.
꽃이 지더라도 6개월만 지나면 다시 꽃대가 올라와 꽃을 피운다.
마치 헤어졌던 연인을 재회하는 듯 반갑기 그지없다.

커다란 꽃잎과 오목한 꽃술이 특이하다. 파레높시스는 연두빛이 도는 노랑 바탕에 밝은 밤색의 가로 줄무늬가 있는 것부터 순백색, 자주색, 노란색, 호랑나비색 등 다양하다. 꽃도 2~3개월은 거뜬히 가고, 집안의 분위기를 차분하게 잡아주니 그야말로 일거양득 _擧兩得_ 인 셈이다.

요즘은 서울에서도 파레높시스 양난을 사철 즐길 수 있다. 그런데 조금 비싸다는 단점이 있다. 싱가포르의 거의 열 배 가격쯤 되는 것 같다. 그래서 서울에 한 달 이상 머물 때만 이 난을 구입한다.

양난을 좋아하는 사람들에게 싱가포르는 또 다른 의미의 낙원이다.

우선 경제적 부담이 없다. 그리고 흙도 필요 없이 화분에 숯만 채우고, 하루에 한 번 물만 주면 잘 자라니 얼마나 좋은지 모르겠다. 게다가 한 6개월 지나면 뿌리에서 다시 꽃대가 올라 꽃을 피운다. 꽃이 다시 필 때면 마치 헤어졌던 연인을 재회하는 같아 반갑기 그지없다.

이렇듯 늘 내 곁을 지키며 나의 삶을 가슴 뛰게 만들어주니, 애인도 그런 애인이 어디 있으랴.

시詩로 쓰는 인생

저녁밥을 먹은 뒤 거실 베란다에 앉아 차茶 한 잔의 여유를 즐긴다.

거실에서 손녀를 데리고 노는 아내의 웃음소리가 들린다. 오늘 따라 아내의 웃음소리가 더욱 행복하게 들린다.

얼마 전부터 우리 부부는 시를 쓰기 시작했다.

수필이 설명하고 나열하는 글쓰기라면 시는 압축적이고 상징적인 글쓰기이다. 시의 매력이란 그런 절제와 축약의 미덕에서 나오는 것이리라.

반세기 동안 함께 살아온 우리들의 추억과 단상들, 일상의 소

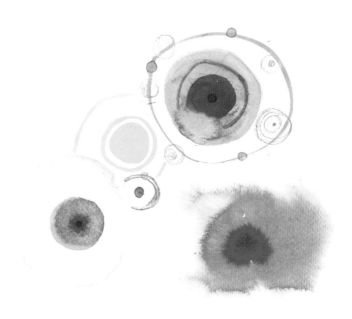

삶에 대한 열정, 일상의 즐거움, 소중한 인연,
그리고 신께 드리는 감사의 마음까지,
그 자체가 인생을 아름답게 읊는 시가 아닐까.

소한 즐거움, 소중한 사람들과의 인연, 그리고 신께 드리는 감사, 이 모든 것이 시 한 편 한 편이 되고 있다.

졸작이지만 아내의 시 두 편과 내가 쓴 시 두 편을 소개하고자 한다.

비밀번호

숨긴다
깨어질까 자존심

감춘다
남이 볼까 주름살

품는다 내사랑
달아날까

아뿔싸!
바람이 두드리네

2017년 시집 〈눈부신 그늘〉 중에서

강안나

가을

도심의 가로수
은행나무 부채잎은
오가는 이들의 마음을 적시며 노랗게 물들고
하늘과 대지에 가을을 만드네.

자작나무 하얀 숲속
솔가지 사이에
붉은 단풍잎은 훈장을 단 것처럼
깊어가는 가을을 흔들고 있네.

온 세상은
찬바람에 고개를 끄떡이다
살며시 찾아온 찬 서리
겨울손님 맞이하네.

세상만사
소슬바람에 낙엽 되어 석양 속에 사라지니
아름다운 가을이
가슴에 묻히네.

2013년 11월 영동고속도로 위에서,

정영수

내 친구 봄꽃

목발로 걷는 내 친구
민서야, 책가방 들어주면
봄꽃처럼 웃는다

길섶에 개나리
맨발로 고개 들고
꽃손 흔들고

키 작은 민들레
돌 틈에서 나와
반갑다고 방긋

학교 가는 길에
예쁜 꽃들이
서둘러 손잡고 핀다

2018년 〈국제문예〉 동시부분 신인상 수상작
강안나

큰 손녀 입학식에
딸아이 때보다 더 뭉클한, 더 뿌듯한

30년 전 큰 딸아이 손잡고
나는 큰 뜻을 품고 싱가포르 낯선 현지학교를 찾아갔었지.

27년 전에도 작은 딸아이도 똑같이……

유니폼을 입은 딸아이의 똘망똘망한 모습이
천주교 학교라는 기분 좋은 정감에 기쁨이 두 배가 되었었지.

2014년 오늘 큰 손녀 데리고
애 엄마가 다니던 학교 정문에 들어서니
그때 제 엄마와 어쩌면 저리도 똑같을까?

교복도, 신발도 예전과 똑같고, 키도 그만하니
그 옛날 제 엄마를 보는 것 같네.
참 이쁘기도 하고 영리해 보이는 것이 정말 잘 클 거야.

딸아이 때보다 더 뭉클한 손녀딸의 입학식.

잘 키워 세계의 재목으로 만들어야지.
인류를 행복하게 할 수 있는 인재로 키워야지.

2014년 정초, 참 기분 좋은 날에
정영수

어느 여행가가 말했던가.
여행을 많이 하라.
여행하다 죽는다면 그것도 행복일 것이다.
현대는 글로벌 시대, 지구촌 시대다.
마음만 있으면 전 세계 5대양 6대주 어느 곳이라도
하루 거리로 여행할 수 있는 시대에 살고 있다.
시간과 마음의 여유를 갖고
우리의 삶과 정신을 윤택하게 해주는 여행을 떠나보자.

4장

여행 속의 여행

용기 있는 자여,
여행을 하라!

어리석은 자는 머무르려고 하고, 현명한 자는 늘 여행을 떠난다는 말이 있다. 여행은 우리가 경험하지 못한 신세계를 경험하게 하고, 보지 못했던 세계를 볼 줄 아는 눈을 갖게 한다.

여행이란 내게 삶 그 자체다. 나는 지금도 비행기만 봐도 가슴이 뛰고 설렌다. 내 젊은 날의 하루는 항공여행으로부터 시작되었다고 해도 과언이 아니다.

내가 맨 처음 비행기를 탄 것은 대학 2학년 때였다.

여름방학을 마치고 귀경하는 길에 진주사천 공항에서 대한항공 비행기를 이용했던 것이다. 그때 하늘을 날며 느끼던 짜릿한 흥분과 두근대던 가슴을 나는 아직도 생생히 기억한다.

당시 사천비행장은 군용비행장으로 사용되었기에, 공항 촬영이 일체 금지되어 사진을 찍을 수 없었다. 기내 방송이 시작되고 비행기가 하늘 높이 떠오르자 그때서야 나는 비행기 창밖으로 펼쳐진 우리나라의 산하를 두 눈으로 내려다볼 수 있었다.

하늘에서 본 조국의 산들은 참으로 황량했다. 장마철이면 홍수의 주범이 되는 붉은 민둥산이 끝없이 이어지고 있었다. 그 모습은 내 마음을 아프게 했다. 그러나 민둥산 곁으로 빼곡히 들어선 논밭과 그 사이로 굽이치는 강줄기가 마치 어떤 어려움도 이겨내고 굳세게 살아가는 우리 국민들의 모습만 같아 그나마 위안이 되었다.

그렇게 한 시간 즈음, 비행기는 서울에 도착했다.

그 빠르고 편안함에 나는 전율했다. 신세계를 발견한 것이다. 그때까지 진주에서 서울로 가는 유일한 방법은 기차였다. 진주에서 기차를 타고 삼랑진에서 내려, 부산에서 오는 급행열차를 갈아타야 서울에 갈 수 있었다. 무려 10시간은 걸리는 여정이었다.

그나마 진주에서 상경하는 것은 나은 편이었다.

반대로 서울에서 진주로 내려가려면 삼랑진에서 2~3시간을 대기해야 했고, 부산에서 진주로 가는 완행열차를 갈아타야 했기에 12시간 이상이 소요되었다. 오죽하면 '진주라 천리길'이라는 노래 가사가 있었을까. 그만큼 진주는 서울에서 멀어도 너무 먼 변방이었다. 그런데 비행기로는 단 한 시간, 얼마나 놀라운 일인가!

그렇게 한 번 맛을 들이니, 다음 방학 때부터는 어떻게 하든 비행기를 타려고 꾀를 부렸다. 지금 생각하면 집안형편이 그리 넉넉하지 않았던 부모님께 큰 부담이 되었을 것이다. 그런데도 부모님은 못 이기는 척, 일 년에 한두 번은 꼭 비행기 표를 사주셨다.

내가 장남이라는 이유도 있었겠지만, 그때까지 살아 계셨던 할머니의 성화도 한몫 했을 것이다. 할머니께서는 내가 비행기를 타고 세계를 다닐 팔자를 타고났다며 부모님께 이놈은 꼭 비행기를 타게 해주어야 한다고 편을 들어주셨던 것이다. 내 태몽을 꾸어주신 할머니는 내가 역마살이 있어 이리 해외로 돌아다니게 될 줄을 진즉 아셨던 모양이다.

당시 사람들은 비행기가 무서워서, 아니면 어마어마한 비행기 값이 부담스러워 비행기 이용은 꿈도 꾸지 않았다. 덕분에 내 주변에서는 오직 나만이 대학생 때부터 비행기를 타는 특권을 누렸다.

나의 본격적인 해외여행은 군 입대와 함께 시작되었다.

내가 입대했던 1968년은 월남전이 한창이던 때였다. 재학 중에 입대를 한 나는 월남 파병을 자원했고, 20개월을 월남에 주둔했다.

월남 다낭Da Nang 시에서 호치민Ho Chi Minh 시로 전임할 때 군용기를 탔다. 당시 군용기 바닥에는 구멍이 뻥 뚫려 있었는데, 그 상태로 하늘을 날았다. 금방이라도 저 아래로 곤두박질칠 것 같은 공포감과 스릴감은 대단했다. 그런 일을 겪고도 비행공포증 따윈 겪지 않았으니 내가 비행기를 탈 팔자는 팔자인 모양이다.

전역 후 나는 한 회사에 취직해 무역부에서 근무하게 되었다.

마산에 있는 자회사 방문과 수출자유지역의 영업을 위해 서울과 부산을 한 달에 한 번 정도 오가야 했는데, 그때마다 비행기를 타는 호사를 누릴 수 있었다. 그러다 1977년 홍콩 주재원으로 발령 받았다. 드디어 나의 첫 번째 해외여행이 시작된 것이다.

국제선 여객기는 내가 그동안 타봤던 비행기와는 차원이 달랐다.

멋지고 화려하고 럭셔리한 기내에서 교양이 철철 넘치는 승무원들의 친절한 접대를 받으며 하늘을 나는 기분은 정말 천국이 따로 없을 만큼 좋았다.

홍콩 근무 중에는 두 달에 한 번 꼴로 출장을 갔고, 그때마다 비행기를 이용했다. 그렇게 날이 갈수록 나는 '하늘 공간의 진정한 애호가'가 되어갔다.

1985년에는 바이어 면담을 위해 바르셀로나에 가게 되었다. 그때는 스페인을 가기 위해서 싱가포르에서 서울로 가서, 서울에서 다시 바르셀로나까지 20여 시간이 소요되는 비행을 해야 했다. 그러나 아무리 장거리 비행이라도 나는 피곤한 줄 몰랐다.

기내에서 편안하게 책 읽고, 먹고 자는 시간들이 내겐 도리어 편안한 휴식의 시간이었던 셈이다. 그렇게 차츰 장시간 비행의 맛을 들이게 되었다.

게다가 새로운 여행지를 방문할 때마다 관광도 하고 특산물 쇼핑도 하면서 여행이 주는 행복에 푹 빠져갔다. 낯선 나라들을 체험하면서 보고 들은 경험들은 그대로 아이디어의 창고에 저장되어 나중에 개인 사업을 할 때 큰 도움이 되었다.

개인 사업을 시작하게 되면서 나의 해외 출장은 더욱 잦아졌다. 내가 장거리 여행을 가장 많이 한 시기는 1994년부터 1998년까지, 약 4년간으로 둘째딸과 아들이 미국 보스턴에서 중ㆍ고등학교를 다닐 때였다.

당시에는 싱가포르에서 보스턴까지 가려면, 싱가포르에서

인생에서 가장 치열했던 순간도 행복했던 순간도 여행과 함께였다.
떠남과 만남과 설렘으로 채워진 역마살 인생……
나는 여행을 통해 세상을 살아가는 지혜를 터득했다.

서울까지 6시간 30분간 비행기를 타고 가서, 서울에서 뉴욕까지 다시 12시간, 뉴욕에서 보스턴까지 다시 2시간을 타고 이동해야 했다. 중간 기착지에서 머무는 시간까지 합하면 약 27시간 정도가 소요되었다. 아내와 나는 그 먼 거리를 일 년에 네다섯 번씩 다녔다. 오로지 아이들 보는 재미 하나로 장거리 여행에서 오는 피로감도 잊은 채 열심히 비행기를 탔던 것이다.

미국의 고등학교는 학기 중간 중간에 3~4일씩의 휴일이 있는데 이때는 기숙사에 머물 수가 없다. 그래서 아이들을 학교에서 데리고 나와 호텔이나 모텔에 머물러야 하는데, 숙박시설을 찾기 위해 다시 주변도시로 장거리 여행을 해야만 했다.

나도 사람인지라 장거리 여행을 하고 돌아올 때에는 피로가 쌓이는 데다가 시차까지 커서 깨어진 생체 리듬을 찾을 때까지 그 후유증을 감당하는 데만 1~2주 이상이 소요되었다. 그래도 비행기가 있어 그 먼 곳에 있는 아이들도 하루 이틀만이면 볼 수 있고, 지구 반대편에서도 사업을 할 수 있으니 얼마나 감사한 일인가.

내가 가장 열심히 활동하던 시기는 사십대 중반에서 육십대 중반까지였다. 그 시기는 가까운 동남아는 물론 북미, 남미, 유럽, 중동, 러시아 등 전 세계를 누비고 다녔다. 그렇게 역사의 현장을 직접 방문해 궁금증을 풀고, 유명한 인사들이 태어나고 활동하던 곳도 직접 보고 익히며, 여행을 통해 세상을 살아가는 지혜를 터득했던 것이다.

그리고 이 모든 것이 비행기 여행 덕분이었다.

힐링이 되는 여행,
끔찍한 여행

여행이란 스스로 넓고 깊어지는 여정이다.

　여행을 하다 보면 뜻하지 않은 장소에서 뜻하지 않은 사람들을 만나게 된다. 낯선 것들과의 조우를 통해 우리의 영육은 더욱 알차게 여물게 된다. 여행의 완성은 목적지에의 도착이 아니다. 여행하는 과정 전부가 공부요, 깨달음의 연속이다.

　나는 잠시 짬을 내어 목적지 없는 '무작정 여행'을 떠나기도 한다.

　1988년 7월, 두 번째 미국을 방문했을 때였다. 아무 계획 없이 뉴욕에서 나이아가라 폭포까지 자동차로 16시간을 달려갔다가 비행기로 돌아온 적이 있었다. 돌아오는 기내에서 끝없이 펼쳐진 광활한 옥수수 밭과 사과나무 밭을 내려다보며, 일본이 미국을 점령하겠다고 진주만을 공격한 것이 얼마나 무모한 짓이었는지를 새삼 떠올리며 홀로 쓴 웃음을 지은 적이 있다.

이렇게 여행은 생각지도 않은 곳에서 자신의 한계를 스스로 가늠할 줄 알게 하며, 동시에 상대를 정확히 파악할 수 있는 통찰의 힘을 길러주기도 한다.

지금까지 내가 여행한 거리를 합하면 약 300만 마일, 지구를 150바퀴 돈 거리가 넘는다. 웬만한 세계사의 현장을 다 듣고, 보고, 공부했다 할 수 있을 것이다. 도道를 깨달은 것은 아니지만, 덕분에 나름 세계 곳곳에서 벌어지는 경제, 사회, 정치의 감을 잡을 수 있었고, 후배들에게 원 포인트 레슨 정도는 할 수 있게 되었다.

남들보다 많은 여행을 했지만, 그래도 내겐 아직도 가보고 싶은 곳이 남아 있다. 이른바 죽기 전에 반드시 가봐야 한다는 그곳, 세이셸!

유럽 남부의 섬나라인 세이셸은 세계 최고의 해변을 가지고 있단다. 비틀즈의 멤버 폴 매카트니가 극찬했던 곳, 영국 윌리엄 왕세손의 신혼여행지, 미국 오바마 대통령의 가족 휴양지, 트레블러 지가 선정한 세계최고의 해변 1위로 알려진 지상의 천국이다. 언젠가 그곳에 꼭 가볼 것이다. 오직 느리고 편안한 힐링을 즐길 것이다. 모든 것을 다 내려놓고.

어느 여행가가 '여행을 많이 하라. 여행하다 죽는다면 그것도 행복일 것이다.'라는 말을 남겼다고 한다. 우리 주변엔 먹고살기 힘들어서, 시간이 없어서 여행을 못 한다는 사람들이 많다. 물론 그것도 맞는 말이다. 하지만 마음만 먹으면 작은 돈으로도 얼마든지 여행이 주는 기쁨을 만끽할 수 있다.

우리의 삶을 윤택하게, 활기차게 해주는 데 여행을 대체할 것은 없으므로.

그런데 이렇게 힐링이 되는 여행이 있는 반면, 끔찍한 경험으로 남아 있는 여행도 있다. 나는 비행기 여행을 많이 하다 보니 남다른 경험도 많이 하게 되었다. 그 중에서도 다음 세 가지는 다시는 기억하기도 싫은 여행이다.

첫 번째 끔찍한 경험은 1987년 파키스탄에서였다.

당시 나는 비디오테이프Video Blank Tape 판매시장을 개척하러 출장을 가는 중이었다. 카라치에서 라호르를 거쳐 이슬라마바드로 가서, 그곳에서 다시 32인승 비행기를 타고 파키스탄과 아프가니스탄 국경지역인 '비자왈히말라야 K2에서 가까운 도시'로 가는 것이 나의 여행 일정이었다.

그런데 갑자기 비행기가 춤을 추듯 요동쳤다. 칠흑 같은 밤에

몰아치는 천둥과 비바람에 꼬박 1시간 이상 비행기가 쉬지 않고 요동을 치는데, 그때 정말 생전 처음으로 비행의 공포를 경험했다. 그렇게 한 시간 여를 극도의 불안에 떨고 나서, 이제 살았다는 생각에 그만 탈진해 버렸다.

두 번째 경험은 미국 라스베이거스 방문 때였다.

1992년 라스베이거스를 방문했던 나는 동료들과 함께 그랜드캐니언 관광을 위해 8인승짜리 경비행기를 탔다. 그런데 갑자기 비행기 엔진 소리가 이상해지더니 몸체가 크게 흔들리는 것이다.

그랜드캐니언의 드넓은 상공과 비교하면 한없이 작은 비행기 하나에 목숨을 맡긴 채 불안에 떨었던 경험은 한마디로 지옥 같았다. 그 공포의 대가로 받은 것은 사파리 인증서Adventure Certificate 달랑 한 장이었다. 그래도 지나고 나니 그것도 재미난 추억이 되었다. 역설적으로 비행기 여행이 아니라면 어떻게 그런 짜릿한 공포를 경험할 수 있을 것인가!

그런데 최근에 다시는 경험하고 싶지 않은 비행을 또 하게 되었다.

2013년 5월, 미얀마 양곤Yangon에서 수도 네피도Naypyidaw로 가는 16인승 프로펠라 비행기를 탔는데, 1시간쯤 후에 엔진에서 연기가 풀풀 피어오르는 것이었다. 창밖으로 솟구치는 연기 여행이란 낯선 것과의 만남이다.
낯선 풍경 속에서 스스로 더욱 알차고 풍성해지는 여정이다.
떠나지 않는 자는 결코 얻을 수 없는 지혜의 보물창고……

를 눈으로 확인한 순간, 온몸의 피가 얼어붙는 것 같았다.

"오, 이제는 제발 그만!"

하지만 나는 지금도 여전히 비행기 여행을 즐기고 있다.

출장을 여행으로
바꾸는 법

나는 사주팔자라는 것을 믿지 않는다.

하지만 내게 역마살이 있다는 얘기 하나는 정확히 맞는 것 같다. 나는 아직도 한 달에 한두 번은 다른 나라로 출장을 간다. 하지만 어린 시절 경남 진주에서 태어나 고등학교를 졸업할 때까지 고향을 벗어나 본 적이 없었다. 내가 중·고등학교에 다닐 때만 해도 자동차는 보기도 힘들었다.

나름 중심지라고 하는 진주 중앙로에서도 간간이 지나다니는 노선버스가 전부였다. 그래서 우리 동네에서는 '눈 감고 중앙로를 걸어도 차에 받치지 않는다.'는 우스갯소리가 있을 정도였다.

그런 열악한 시절이었음에도 불구하고 나의 역마살은 학교를 졸업하고 취직을 하자마자 막강한 힘을 발휘하기 시작했다. 입사 2년 후, 회사 무역부 대리 직책을 맡게 되면서 마산 수출 자유지역 내에 있는 협력사에 가기 위해 2주에 한 번은 고속버스를 타야 했다. 마산에서 일과가 끝나면 2시간 거리인 진주 고향 집에 가서 자고, 다음날 마산으로 가서 일을 보고 다시 서울로 올라오는 국내 출장이 이어졌다.

피곤해서 못 살겠다며 뻗어야 마땅하겠지만, 나는 이상하게도 그런 출장이 참 좋았다. 새로 생긴 경부고속도로 위를 멋진 고속버스당시는 모두 수입된 외제 버스였다를 타고 달리면 기분도 좋았거니와 창밖으로 펼쳐진 강과 산의 모습, 사계절 변하는 풍경을 보는 것이 참 행복하고 여유로웠다.

어쩌면 그때부터 더 새로운 경치, 더 새로운 세상을 꿈꾸게 되었는지도 모르겠다. 그래서인지 외국에 나간다는 것과 영어를 배울 수 있다는 이유만으로, 나는 전쟁터인 베트남 파병에 자원했다. 베트남에서 20개월의 근무를 마치고 다시 일자리를 찾은 나는, 홍콩으로 발령을 받게 되었다.

당시엔 외국 한 번 나가는 것도 일이었다. 여행 자유화가 된 이후에는 누구나 어디든 갈 수 있지만, 그때는 여권을 발급 받기가 하늘에서 별 따기 만큼 어려웠다. 해외출장 가는 것도 쉽지 않았다. 외화를 절약하기 위해, 또 북한의 공작정치에 휘말릴까봐 여권 발급 절차를 까다롭게 한 것이다.

주재국에서 다른 나라로 출장을 갈 때마다 대사관에서 '추가지 경유 허가'를 받아야 했다. 그러나 그런 불편함에도 불구하고 시장 개척을 위해, 국익을 위해 새로운 나라에 입성한다는 설렘으로 마냥 뿌듯하고 신났던 시기였다.

홍콩에서 5년을 근무한 후 싱가포르 지사로 옮기게 되면서 나는 인도네시아, 말레이시아, 타일랜드 등지를 수없이 다녔다. 당시에는 비행기 편수도 많지 않아 미리 예약을 하지 않으면 정해진 미팅 시간에 제대로 맞춰 다닐 수도 없었다. 그러나 나이에 비해 해외 경험이 상당히 축적되었던 나는 큰 실수 없이 해외생활과 출장에 완벽히 적응할 수 있었다.

그런데 사실상 본격적인 해외 출장은 30대 후반에 회사를 차려 독립하면서 시작되었다. 지금 생각하면 어떻게 그렇게 먼 거리를 이웃집 마실 다니듯 했는지 상상이 되지 않는다. 물론 그 원동력은 건강한 체력과 확고한 의지였으리라. 무언가를 성취한다는 보람에 힘든 줄도 모르고 세계를 내 집 앞마당처럼 휘젓고 다닌 것이다.

인구 2백 50만1984년밖에 안 되는 작은 싱가포르에서 사업을 하기란 결코 쉬운 일이 아니었다. 그래서 늘 주변 국가의 시장을 개척해야 한다는 숙명적인 위기의식을 갖고 있었다. 그리고 이러한 위기의식은 나를 쉬지 않고 전진하게 하는 주요 동력이 되었다.

물론 출장은 여행과는 다르다.

출장이 오직 일을 위해서 떠난 여정이라면, 여행은 휴식과 힐링, 재충전을 위해서 떠나는 여정이다. 그러나 생각을 바꾸면 이 둘의 차이는 금방 극복할 수 있다. 해외에 나가서 일만 하다 온다면 출장이 되겠지만, 일하는 사이사이에 잠시 쉬며 정신적으로든 육체적으로든 힐링을 한다면 출장은 여행으로 승화되는 것이다.

나는 빡빡한 출장 스케줄 속에서도 꼭 하루는 공식적인 업무를 최대한 빨리 끝내고, 방문한 나라에 대한 지식을 얻는 시간을 가졌다. 바로 그렇게 얻은 지식이 사업을 할 때 크나큰 자양분이자 아이디어의 원천이 되었다.

출장지 중에서 가장 기억에 남는 곳은 오스트리아 잘츠부르크, 미국 온타리오 호수, 그리고 베트남의 달랏이다. 이름만 들어도 지금 당장 달려가고 싶을 만큼 내가 좋아하는 곳들이다.

휴식과 힐링은 누가 시켜주는 것이 아니라, 스스로 하는 것이다.
그곳이 어디든, 어떤 목적으로 갔든 중요하지 않다.
생각을 살짝 바꾸면 떠나는 모든 곳이 여행지가 된다.

여행은 무엇보다 아이들을 미지의 세상으로 이끌어주는 안내자다.

그러므로 기회가 닿을 때마다 아이들에게 더 넓은 세상에 대한 꿈을 심어주고, 그 세상을 직접 경험할 수 있는 기회를 만들어 주는 것이 부모가 할 일이다. 호연지기浩然之氣를 키우게 하려면 여행 만한 것이 없으니까.

'죽더라도 여행을 하라.'는 말이 있다. 여행의 목적은 그 과정 전체에 있다. 마치 우리네 인생이 그러하듯.

그러니 떠나라. 자신을 묶고 있는 인생의 속박을 떨쳐라.

자유인이란 '바로 지금 떠날 용기가 있는 사람'이다.

나만의 노스탤지어,
달랏Da Lat

몇 년 전 나는 너무도 멋진 무릉도원을 찾았다.

나만의 고향, 노스탤지어Nostalgia를!

40년을 아시아에서 살았는데 최근에야2013년 베트남의 '달랏 Da Lat'을 알게 되었다니 조금 늦은 감이 있다. 달랏은 호치민 시에서 북동쪽으로 두 시간 거리, 중부 고원지대 1200미터 고지에 자리 잡은 세계에서 가장 아름다운 도시로 관광 책자에 소개되어 있다. 맑고 차가운 공기와 신비한 호수의 향연, 동양과 서양 문화가 조화롭게 어우러진 매혹적인 곳이다.

프랑스 식민지 시절, 프랑스 의사 알렉산더 예신Alexander Yersin

박사가 세계에 소개하기 전까지, 달랏은 숨겨져 있던 보석이었다. 달랏의 기온은 8℃에서 30℃까지로, 하루에 사계절을 다 경험할 수 있다. 달랏 곳곳에 호수와 폭포가 있고 주변에는 아름다운 정원이 꾸며져 있다. 높은 산골짜기마다 소나무 숲이 사철 푸른 달랏은 남부 베트남에서 유일하게 소나무가 자랄 수 있는 땅이다.

달랏은 옛날 식민지 시대, 프랑스 고관들의 휴양지로 개발되었다. 그래서 동양의 아름다움과 유럽의 정취를 동시에 느낄 수 있다. 큰 호수 주변으로 파스텔 톤의 유럽식 목조 건물과 프랑스 풍의 호텔, 그리고 골프장이 한 폭의 그림처럼 자리 잡고 있어 마치 별천지에 온 것 같다.

내가 처음으로 달랏을 방문했을 때였다. 공항에서 달랏 시 중원 고지까지 차로 이동하는 내내 도로 양옆으로 각양각색의 꽃들과 멋진 가로등이 너무나 아름다워, 잠시 이곳이 정말 베트남인가 의심이 들 지경이었다.

호텔에 도착한 다음날 아침, 나는 새벽 일찍 일어나 호텔 바로 앞의 투엔람 호숫가Tuyen Lam Lake로 내려갔다. 맑고 깨끗한 공기와 투명한 햇살이 나를 신비롭게 에워싸고 있었다. 그 순간 나는 어디에서도 느껴보지 못했던 황홀한 행복감에 젖어들었다. 호숫가를 걷고 있는 발걸음이 마치 공중을 나는 듯 가벼웠다. 아, 이 얼마나 오랜만에 느끼는 순수한 평화로움인가.

그렇게 산책을 마치고 호숫가 노천카페에 앉았다. 갓 볶아 고소한 향이 진한 베트남 전통 커피가 내 온 오감을 자극했다. 정말 무릉도원이 따로 없는 듯했다.

'아, 이런 꿈같은 샹그릴라Shangrila가 싱가포르에서 불과 2시간 거리에 있었다니!

두 번째로 방문한 달랏은 더욱 좋았다.

싱가포르에서 1시간 만에 호치민 시에 도착해 비행기를 바꿔 타고 35분 만에 달랏에 도착했다. 아침 8시쯤 새로 지어진 달랏 링콩Lingkong 공항에 도착하니 도시 곳곳에 꽃이 많아 '봄의 도시春園', '꽃의 도시'로 불리우는 것답게 아침 이슬을 머금고 만개한 노란 꽃들이 먼저 나를 반겨주었다. 아름다운 꽃들을 보며 깊은 호흡을 하니, 그동안 쌓였던 피로가 한 순간에 눈 녹듯이 사라졌다. 공항에 도착했을 뿐인데 벌써 힐링이 다 된 것 같았다.

호텔에 도착해 주변을 살피니 산기슭에 피어난 온갖 꽃과 나무들이 바람에 흔들리고 있었다. 마치 오케스트라 단원들이 연주하는 듯 감미로운 풍경이었다.

나는 아침 식사를 위해 호텔 식당에 들어갔다. 프랑스 풍으로 꾸며진 식탁, 작은 쟁반에 토마토와 오이가 얇게 썰려져 놓여 있었다. 나는 아무 생각 없이 오이 한 조각을 입에 넣었다. 그런데 이럴 수가! 바로 어릴 적 고향에서 먹던 신선하고 아삭한 오이 맛 그대로였다. 생각지도 못한 선물과 같은 행복한 감회에 나는 한참을 젖어들었다.

달랏 주변의 땅과 산은 온통 황금색이다. 마치 우리 고향의 황토밭 같다. 그러니 무얼 심어도 잘 자랄 수밖에 없을 것이다. 열대지역이라 비도 충분하고 기후까지 좋으니 싱싱한 채소나 과일, 꽃을 일 년 내내 수확할 수 있는 곳이 이곳이다. 그러니 소득도 높을 수밖에 없다. 그야말로 잘살 수 있는 조건을 모두 갖춘 베트남의 보고寶庫가 달랏인 것이다. 바로 이곳 달랏 두 번째 방문에서 나는 '고향의 맛'이라는 큰 선물을 받았다.

달랏의 명소 중 하나는 랑비앙Nui Langbiang 산이다.

산의 최정상은 2167m이고 우리가 갈 수 있는 곳은 1950m에 있는 휴게소인데, 랑비앙 유명한 전설이 내려온다. 랏족 출신의 청년 끄랑K'Lang과 찔족 출신의 처녀 흐비앙Ho Bian은 서로 열렬히 사랑했다. 그러나 부족이 달랐던 그들은 사랑을 이루지 못하고 죽었다. 그 연인들이 죽어서도 서로를 간절히 갈구해 두

봉우리가 되었다. 로미오와 줄리엣을 연상시키는 스토리가 정 겨웠다.

시내에서 북쪽으로 45분쯤 달리면, 달랏 시내를 한눈에 내려 다볼 수 있다. 하늘을 찌를 듯한 소나무가 산꼭대기까지 울창하 게 들어선 그곳에 들자 그만 영원히 그 안에 머물고 싶었다.

산을 돌아 내려오다 보면 크고 작은 호수 주변으로 아름다운 별장들이 즐비했다. 그곳에서 사는 사람들을 부러워하며 아쉬 운 마음을 달래며 산을 내려왔다. 그런데 이번에는 굽이굽이 계 단식 밭에 피어난 아름다운 꽃들이 내 눈을 사로잡았다. 딸기 밭, 오이밭, 배추밭, 파밭, 커피농장, 화훼농장이 펼치는 생명력 가득한 녹색 향연을 보니 나도 다시 청정한 청년으로 돌아갈 듯 힘이 솟구쳤다.

시간 가는 줄 모르고 황홀경에 빠져 있다 보니, 어느덧 때가 훌쩍 지나 출출했다. 나는 호수 옆 간이식당에 들어섰다. 솔잎 에 쌓인 음식 냄새가 향기롭게 나의 코를 자극했다. 이 무릉도 원에서 솔향기까지 맛보다니, 천상별미란 바로 이런 것을 뜻하 리라.

눈과 코와 귀와 입으로 달랏의 풍경을 한껏 즐긴 후 호텔에 돌아왔다. 그리고 저녁 느즈막이 호텔 앞 제법 큰 중앙 야시장 으로 향했다.

맑고 서늘한 바람과 투명한 햇살이 나를 신비롭게 에워쌌다.
호숫가를 걷는 내 발걸음이 마치 공중을 나는 듯 가벼워졌다.
아, 이 얼마나 오랜만에 느끼는 순수한 평화로움인가!

야시장은 신혼여행 온 부부뿐 아니라 여행객, 현지 주민까지 어우러져 북새통을 이뤘다. 한 쪽 구석에 있는 구운 고구마와 구운 강냉이는 겨울 밤 고향에서 먹던 맛 그대로였다.

달랏의 신비한 매력은 내 가슴 속에 고이 간직되어 있다.

누구라도 달랏의 매력을 거부할 수 없을 것이다. 나는 달랏이 개발 사업을 할 때 이곳의 보존을 위해 일조를 해야겠다고 다짐했다. 2시간 만에 갈 수 있는 나만의 노스탤지어, 세계인의 유토피아를 영원히 보존하기 위해……

■ 후기

자연과 도시를 보존할 수 있는 인재를 키우기 위해 매년 12월 27일, 20명의 장학생을 뽑아 장학금을 주는 사업을 계속하고 있다. 또한 달랏이 있는 럼동성(林同省)의 시민, 서기장, 성장 등 관리자들과 형제처럼 유대관계를 유지하고 있다.

아일랜드의 봄

얼마 전 아일랜드에 다녀왔다.

오랜만에 마음 맞는 친구들과 보낸 즐거운 시간이 더없이 행복했다. 몇 번의 여행을 하면서 나는 아일랜드의 매력에 푹 빠졌다. 그리고 특히 아일랜드의 봄을 사랑하게 되었다.

유럽 서쪽 끝에 위치한 아일랜드는 OECD에 가입된 국가이면서도 몇 백 년 전 자연의 신비를 그대로 간직하고 있는 때 묻지 않은 나라다. 인위적으로 계획된 도시가 아니라 어딜 가도 아름다운 전원도시의 풍경을 즐길 수 있다.

아일랜드에는 수도 더블린을 제외하곤 큰 도시가 드물다. 차를 타고 가다 보면 국도변에 있는 집들이 1km 정도씩은 떨어져 있다. 대개 양과 소를 기르고 농사를 짓다 보니 그렇게 떨어져 살 수밖에 없었을 것이다.

아일랜드에서 가장 인상적이었던 것은 집집마다 창가와 대문에 꽃을 매달아 놓은 풍경이었다. 그 모습에서 나는 자연을 사랑하고 인생의 멋과 여유를 즐길 줄 아는 아일랜드 사람들의 심성을 그대로 느낄 수 있었다.

아일랜드의 역사는 우리나라와 많이 닮았다. 내가 아일랜드를 좋아하는 이유 중에는 그런 동질성도 한몫한다. 역사적으로 강대국의 지배를 받으면서도 끝까지 살아남은 강한 민족성이나 자녀 교육에 정성을 다하는 것, 그리고 음주가무를 즐기는 것도 우리와 비슷하다.

지형적으로 영국과 가까운 탓에 아일랜드는 무려 700년 가까이 영국의 지배를 받았다. 1921년 영국으로부터 독립하였으나 북쪽 일부는 아직도 영국령으로 남아 있다. 그래서인지 이곳 문화나 생활 패턴은 영국 스코틀랜드와 매우 비슷하다.

아일랜드는 해양성 기후지만 편서풍의 영향을 받아 연 평균 기온이 4~18C°로 온화하다. 사계절 따뜻하고 겨울에도 눈을 보기 어렵다. 이런 기후 덕분에 초원이 드넓게 펼쳐져 소나 양, 말과 같은 가축을 키우는 목축업이 크게 발달했다.

봄이 오면 노랗고 하얀 야생화들이 그 넓은 초원을 뒤덮고, 그 위를 양이 뛰노는 모습은 그대로 한 폭의 풍경화다. 고향 뒷산 양짓녘에 누워 하늘거리는 들꽃을 보는 듯 평화롭기 그지없다.

이번 여행에서는 수도 더블린Dublin에서 북쪽을 돌아 남쪽 서·동부를 여행하였다. 이 코스는 초원과 해변을 동시에 즐길 수 있어 좋았다. 해풍에 실려 오는 아일랜드 특유의 향기는 아직도 코끝에 남아 있다.

킬라니Killarney 국립공원과 링 오브 케리Ring of Kerry, 딩글 반도 Dingle Peninsula의 자연 경관도 인상적이다. 길게 뻗은 해변도로에 깎아질 듯 서 있는 모허Moher 절벽은 그야말로 환상적이었다. 지금은 특급호텔로 사용되는 아데어 장원Adare Manor은 너무도 웅장하고 아름다웠다. 그러면서도 고풍스러운 도시의 오래된 성Castle 옆에는 우리나라의 초가집과 비슷한 집들이 있어 반가움을 느낄 수 있었다.

이번 여행에서 오래된 유럽풍의 호텔에서 묵기로 한 것도 최상의 선택이었다. 고풍의 특별한 운치와 함께 고급스러운 음식을 비싸지 않은 가격에 즐길 수 있어 더욱 좋았다. 그리고 무엇보다 가든 같은 골프장을 이용할 수 있었는데, 바로 이런 것들이 아일랜드 여행의 묘미라면 묘미일 것이다.

하루는 딩글 반도Dingle Peninsula를 거쳐 링 오브 케리Ring of Kerry
로 가게 되었다. 점심때가 되어 반트리Bantry Bay라는 해안가 작
은 포구에서 점심을 먹게 되었는데, 마침 장이 서는 날Flea Market
이라 많은 사람들로 시끌벅적하였다.

장은 우리네 옛 시골 장터와 흡사했다. 그러나 농민들은 자신
들이 직접 키운 병아리, 닭, 오리, 강아지들을 광주리에 담아 팔
고 있어 우리와는 달랐다.

한쪽에선 헌 책이나 목공예품, 아마추어 화가가 그린 듯한 미
술품들을 팔고 있었다. 이런 작은 시골 장터에서도 책과 예술품
을 사고파는 모습을 보면서 아일랜드 사람들의 문화 수준을 짐
작할 수 있었다.

한바탕 장터를 구경한 후에 우리는 해안도로를 따라 줄지어
있는 식당 중에서 아일랜드 음식과 이태리식 피자가 주 메뉴인
작은 식당Brick oven에 들어갔다. 그곳에서 샐러드와 아일랜드 전
통음식인 피시 앤드 칩스, 파스타 등을 배불리 먹고는 다시 버
스에 올랐다.

그런데 18마일쯤 달리다가 우리는 식당에서 점심 값을 계산
한 사람이 아무도 없었다는 사실을 알게 되었다. 여행시간에 쫓
겼지만 버스를 돌려 다시 식당으로 돌아가는 일에 반대하는 사
람은 없었다. 우리 때문에 한국인의 이미지가 추락하는 일을 해

서는 안 될 일이었기 때문이다.

그런데 장날이라 손님이 많아서였는지, 막상 식당 종업원이나 주인은 우리가 식비를 계산하지 않았다는 사실 자체를 모르고 있었다. 게다가 일부러 다시 찾아와 돈을 계산하는 우리를 당연한 듯 대하는 모습이 한편으로는 부러우면서도 또 한편으론 너무 순박하여 걱정스럽기까지 했다.

우리 일행은 식비를 치르고 다시 길을 나섰다. 지역 간 연결 도로라는 게 일반적으로 상상하는 고속도로가 아닌 그야말로 신호등 하나 없는 꼬부랑길이었다. 바다와 산의 지형을 따라 자연스럽게 펼쳐진 시골길을 달리며 신선하고 달콤한 공기와 청정한 바람을 쐬니 그동안 내 안에 쌓인 모든 오물이 깔끔히 씻기는 듯했다. 그렇게 아름다운 자연 속에서 모든 병이 치유될 것 같은 기분을 느낀 것은 나만이 아닌 것이 분명했다.

아일랜드는 무려 4명의 노벨 문학상 작가를 배출했다.

시인 윌리엄 예이츠와 셰이머스 히니, 극작가 버나드 쇼, 소설가 겸 극작가인 사무엘 베케트가 그들이다. 세계적 작가들의 영감을 불러일으킬 수 있을 정도로 완벽한 자연환경을 갖춘 아일랜드가 그날따라 더욱 부럽게 느껴졌다.

그러나 처음 말했듯이 아일랜드의 과거는 수난과 고통의 연속이었다.

영국의 지배를 받기 전에는 아일랜드의 주 작물이 밀과 보리였다. 그런데 영국이 모든 곡물을 본국으로 가져가고 소작료와 고리대금 명목으로 땅과 재산까지 빼앗아가자 아일랜드 국민들은 가난에 허덕였다.

감자가 처음 남미에서 유럽으로 들어왔을 때의 일이다. 한 줄기에 여러 개의 덩이가 주렁주렁 달려 있는 감자의 모습은 유럽 사람들에게 꽤 괴이했던 모양이다. 감자는 먹으면 저주를 받는 음식, 즉 '악마의 식물'로 불렸고 동물 사료로만 이용되었다.

그런데 그 악마의 식물 덕분에 아일랜드 사람들은 극심한 기아상태에서 벗어날 수 있었다. 감자가 유래된 이후 아일랜드 인구가 800만으로 늘어났다고 하니, 아일랜드에서 감자는 악마의 식물이 아니라 '구원의 식물'이었던 셈이다.

그런데 아일랜드의 주식으로 자리 잡은 감자에 문제가 생겼다. 1840년에 감자 마름병이 발생했고, 1847년에는 서부 지역을 넘어 전국적으로 퍼지게 된 것이다. 모든 감자가 말라 죽게 되자 다시 아일랜드의 기근 사태가 시작되었다.

영국 식민지 지배 계급은 곡식을 창고에 쌓아 놓고도 풀지 않아 무려 200만의 아일랜드 인들이 굶어죽었다고 한다. 해외로 탈출하다가 배가 난파되어 죽은 사람들도 부지기수였다. 그

봄이 오면 노랗고 하얀 야생화들이 초원을 뒤덮고,
그 위를 양이 뛰노는 모습은 한 폭의 풍경화다.
고향 뒷산 양짓녘에 누워 하늘거리는 들꽃을 보는 듯 평화롭다.

때 해외 탈출에 성공했던 이민자 중에는 미국에서 대통령까지
한 케네디 가문도 있다. '감자 대기근' 이후 아일랜드 인구는 절
반으로 줄어, 현재는 우리나라 남한 크기의 영토에 인구 500만
이 채 안 되는 국민들이 살고 있다.

영국 식민지 700년 동안 겪은 고난을 이겨낸 아일랜드 인들
은 오늘날 경제 성장을 이루어 안정된 나라로 우뚝 섰다. 하지
만 그들의 가슴속엔 식민지 시절의 고난과 수치가 그대로 각인
되어 있다. 그 비참했던 시절을 기억하며 아일랜드 인들은 열심
히 살아가고 있다. 그들이 모두 부지런하고 똑똑한 이유가 그것
이다.

강인한 정신과 민족성, 아름다운 국토와 온화한 기후, 토끼풀
이 국화인 소박한 아일랜드 인의 심성은 늘 내게 매력적이다.
다만 지리적으로 너무 멀어 특별히 시간과 여유를 내지 않는다
면 쉽게 갈 수 있는 곳이 아니란 점이 안타까울 뿐이다.

그래서인지 이번 여행의 감회는 특별했다.

끝없이 펼쳐진 초원 위에 내리던 싱그러운 비의 추억.
문득 아일랜드의 봄이 너무 그리워 진한 향수에 젖는다.
돌아온 지 며칠이나 되었다고……

골퍼의 로망, 스코틀랜드

나의 칠순 여행지는 스코틀랜드였다.

　노후에 그림을 그리며 살고 싶다는 친구 부부를 따라 여행을 다녀온 것이다.

　곳곳에 호수와 협곡, 동굴들을 품은 깊은 산들이 많아 자연을 즐기기엔 이곳만큼 좋을 수가 없다.

　우리는 로몬드 호수Loch Lomond를 거쳐 웨스트 하일랜드 산맥 West Highland을 자동차로 둘러보았다. 7월인데도 산꼭대기에는 눈이 쌓여 있었고, 계곡으로 녹아내리는 맑은 물소리가 마치 교향곡의 한 악장처럼 감미로웠다.

　호수는 바다처럼 넓어, 자동차로 한 바퀴 도는 데 6시간이 걸릴 정도였다. 그 너른 호수에서 일렁이는 물결이 대양의 파도처럼 높았다. 호수 옆 드넓게 펼쳐진 들판에는 샛노란 버터컵 Buttercup과 하얀 데이지Daisy가 양탄자처럼 펼쳐져 있고, 그 위로 풀을 뜯는 얼룩 젖소와 양떼들의 모습이 한가로웠다.

끝없는 들판 너머 겹겹이 둘러쳐진 산맥 위로는 파란 하늘이 물감을 뿌린 듯 펼쳐져 있었다. 푸른 하늘 위로 파노라마처럼 흐르는 하얀 구름은 매 시간마다 색다른 느낌으로 펼쳐져 감동을 자아냈다.

우리는 호수를 벗어나 글렌코Glencoe 산맥으로 향했다. 그런데 꼬불꼬불 자동차 길 옆으로 내 키의 반이나 되는 엄청나게 큰 고사리가 자라고 있는 것이 아닌가. 운전 중인 스코틀랜드 현지인에게 아내가 고사리 요리법을 알려주었다. 그동안 고사리를 못 먹는 풀로 알았던 그가 놀라며 흥미롭게 듣는 것이 나는 더 재미있었다.

우리는 차도를 벗어나 산악자전거를 타는 젊은이와 등산객들이 다니는 냇가를 따라 산의 뒤쪽으로 갔다. 한참을 가자 007 영화 '스카이폴SkyFall'을 촬영했다는 장소에 이르렀다. 정말이지 눈을 떼지 못할 만큼의 절경이 눈앞에 펼쳐졌다. 영화에서 본 스펙터클한 산과 끝없는 평원은 마치 이 세상이 아닌 것처럼 웅장하고 신비로웠다. 우리는 그 풍경을 마음에 담고, 유명한 화가 시드니 퍼시Sidney Richard Percy William가 즐겨 그림을 그렸던 장소를 찾아 나섰다.

시드니 퍼시는 영국 빅토리아 여왕Victoria, 1837~1901 시대, 사실주의 화풍으로 유명했던 윌리엄William 가문의 다섯 번째 아들이었다. 시드니 퍼시는 훌륭한 작품을 많이 남겼지만 당시 클로드 모네Claude Monet와 같은 인상파 화가들의 출현으로 빛을 보지 못하다가 최근에 역사가들에 의해 재조명된 최고의 화가이다.

시드니 퍼시 작품의 소재가 된 장소를 찾은 우리는 그곳에서 3일 동안 수백 장의 사진을 찍었다. 그런 후에 우리는 다음 여정인 골프의 발상지, 세인트 앤드루스St.Andrews를 향해 떠났다.

스코틀랜드 여행에서 세인트 앤드루스를 빼놓을 수는 없다. 고대로부터 네덜란드 상인과 스코트Scots 인들이 무역활동을 했던 최대 항구로, 네덜란드와 플랑드르Flemish 인들이 스틱 앤 볼 Stick and Ball 경기를 즐기던 오랜 역사를 지닌 곳이다.

사실 골프가 언제 시작되었는가에 대해서는 정확히 알려져 있지 않다. 스코틀랜드의 양치기 소년들이 양떼를 돌보다 심심해지면 막대기로 돌을 쳐서 토끼 구멍에 넣는 놀이를 했는데,

그것이 골프의 시초라는 말도 있지만 확인할 길은 없다. 네덜란드에서 하던 아이스하키와 비슷한 콜벤Kolven이라는 놀이가 스코틀랜드로 건너가 골프가 되었다는 설도 있다. 어쨌거나 골프의 시작은 귀족들이 즐기던 운동은 아니었던 모양이다.

하지만 스코틀랜드가 골프의 발상지인 것만큼은 분명하다.
15세기 무렵 스코틀랜드에서는 이미 골프가 지금과 같은 경기로 발달되어 있었다. 당시 의회에서는 골프가 유행하는 바람에 젊은이들이 활쏘기 등의 훈련을 하지 않는다고 골프 금지령을 내리기까지 했다. 그러나 아무리 막아도 골프는 점점 더 퍼져나갔고, 급기야 왕족과 귀족들까지 골프를 즐기게 되었다. 그때나 지금이나 골프는 매력적인 운동이었나 보다.
1502년에 제임스 4세가 활Archery을 만들던 사람이 만든 골프채를 14실링 70펜스에 구입했다는 기록이 전해지고, 1552년에는 해밀튼 주교가 세인트 앤드루스 Links를 해안 골프장으로 공인함으로써 명실공이 골프의 본향이 되었다고 한다.
어쨌거나 골프의 역사가 시작된 세인트 앤드루스는 모든 골퍼들의 로망이다.
오래 전부터 골프를 즐겨온 나 역시 감회가 남달랐다. 싱가포르는 고온 다습한 기후라 쉽게 피로감을 느끼게 된다. 나는 체력을 다지기 위한 필수적인 운동으로 오래 전부터 걷기와 골프를 꾸준히 해왔다.

세인트 앤드루스는 해변을 메워 Links Course를 만든 최초의 골프장이다. 처음에는 22홀이었지만, 1764년에 지금과 같은 18홀이 되었다. 6세기 골프 역사에서 세인트 앤드루스의 올드 코스Old Course는 세계에서 제일 오래된 '골프의 고향Home of Golf'으로 불린다. 아직도 7개의 코스가 남아 있다.

New Course1895년, Jubilee1897년, Eden1913년, Balgove1972년. 9홀, Strathtyrum1993년, The Castle1998년 코스 모두 대중 골프장 Public Course으로 누구나 미리 부킹만 하면 골프를 즐길 수 있다.

골프 코스는 Links와 InlandGarden로 나뉜다.

세인트 앤드루스는 Links 코스로 바람과 비, 바닷가의 억새 풀, 항아리 벙커 때문에 세계에서 가장 어려운 코스로 알려져 있다. PGA 프로 골퍼인 잭 니콜라우스가 '이곳에서 우승해야 최고의 골퍼로 기억될 것'이라 말할 정도로 험난한 코스로 유명하다.

관광객들은 Old Course 마지막 18홀 중간에 있는 스윌칸 다리Swilcan Bridge에서 기념 촬영하는 것만으로도 자랑스럽게 생각한다. 이 홀 바로 옆 루색Rusacks 호텔 벽에는 역대 챔피언 골퍼들의 초상화가 자랑스럽게 걸려 있다. 그 옆으로 골프 역사를

스코틀랜드는 광활한 대지와 울창한 숲이 절경이다.
대서양과 북해에서 불어오는 바람, 만년설이 녹아 흐르는 계곡,
골프가 태어난 곳, 세인트 앤드루스까지…

한눈에 볼 수 있도록 기록물들이 전시된 별실이 있다. 나는 그곳을 구경하며 머지않아 우리나라 유명 골퍼들의 초상화가 걸려 있을 모습을 마음속으로 상상하며 미소 지었다.

스코틀랜드는 광활한 대지와 우람한 산, 그리고 가파른 계곡 아래 울창한 숲이 좋다. 그리고 대서양과 북해에서 불어오는 바람을 맞으며 고대와 현대가 공존하는 수도 애딘버러의 아름답고 신비한 12세기의 성Castle도 절경이다.

그러나 골프를 좋아한다면 물론 세인트 앤드루스 외엔 눈에 안 들어올지도 모르겠다.

5장

노년의 샘

노년의 샘

어렸을 때부터 배움에 대한 나의 열정은 남달랐다.

내가 배움이라 하는 것은 물론 학교공부만을 말하는 것은 아니다. 어린 시절 동네 개구쟁이 일은 도맡아 했던 나는 호기심이 많아 낯선 것들을 그냥 지나치는 법이 없었다. 자라면서부터는 낯선 세계, 미지의 세계에 대한 궁금증과 동경이 가득한 소년이 되어 자유롭게 떠가는 구름을 틈만 나면 하염없이 올려다보기도 했다. 그러면서 나도 언젠가 더 먼 세상, 더 큰 세상으로 꼭 나아가리라 다짐하곤 했다.

그러나 시골 도시에서 태어나 그곳에서 청소년기를 마치는 동안 미지의 세계는커녕 외국 사람조차 본 적이 없었다. 그런 상황 속에서도 영어를 잘하지 않으면 안 되겠다는 직감으로 열심히 영어공부를 시작하였지만 당시 환경과 여건으로 쉽지 않았다. 그러다가 대학 졸업 후 월남전에 파병되어 미군들과 가까이 지내면서 조금씩 영어에 눈이 뜨이기 시작했고, 제대 후 무역회사에 입사하여 상사주재원으로 1977년 홍콩에 파견되면서 본격적으로 영어를 주 언어로 쓰게 되었다. 그러나 늘 영어로 일을 하면서도 마음 한켠에서는 내 영어실력에 만족하지 못했다. 영어공부는 마치 내가 일생 해결해야 하는 숙제처럼 가슴에 남아 있었다.

사실 내가 그토록 영어공부에 매달렸던 건 언젠가 나도 미국 대학에서 저명한 교수의 강의를 맘껏 들어보고 싶은 꿈이 있어서였다. 아이들이 미국에서 한창 유학 중이던 때 실은 나도 그곳에서 함께 공부하고 싶은 생각이 간절했다. 그러나 어쩌랴. 그때는 사업에 매진할 때여서 그런 꿈 같은 시간을 엄두도 낼 수 없었던 터였다.

그러다 문득 칠십이 넘고 보니 내 이 간절한 배움의 꿈을 더 이상은 미룰 수 없다는 절박한 생각이 들었다. 작년 초여름 나는 과감하게 결단을 내렸다. 결단을 내리자마자 미국으로 건너가 UCLA대학 Extension Courses에 등록했다. 월요일부터 목요일까지 4과목을 하루 한 과목씩 매일 듣는 코스였다. 숙식해결을 위해서는 학교 근처 산타모니카에 단독주택을 단기로 얻었다.

비록 몇 달 안 되는 기간이었지만 내 일생의 꿈이 이뤄지는 기쁨과 환희에 하루하루가 가슴이 벅차고 행복했다. 다행히 그 코스에는 육십이 넘어 보이는 나이 지긋한 여러 분들이 자유롭게 토론하며 공부하고 있었다. 그러나 흑인 두어 명을 제외하곤 대부분 백인들이었으며 동양인은 나 혼자였다.

나는 그곳에서 나이가 들어서도 이른바 여가선용으로 대학에서 공부를 하는 그들을 보며 미국의 선진 교육열과 교육 시스템이 놀랍고 부러웠다.

마침 작년엔 미국 대선이 가까울 때라 정치에 대한 토론도 뜨거웠다. 힐러리 클린턴과 도널드 트럼프에 대한 정치성향을 분석하고 호불호를 발표하는 수업이 있었는데, 학생들 모두 이성적이며 합리적으로 각각 후보의 성향을 분석한 다음 각자의 의견을 물러섬 없이 개진하는 모습을 보며 그들의 앞선 토론문화를 제대로 경험할 수 있었다.

무엇보다 수업 중에 이해가 되지 않거나 질문이 있을 때는 언제든지 직접 교수에게 문의하거나 혹은 온라인으로도 상담할 수 있어 편리했다. 노년층들이 지식의 고갈에서 헤어날 수 있도록 배려해주는 친절하고 고급한 교육 서비스가 감탄스러울 뿐이었다.

어쨌거나 이 나이에 배움의 열정 하나로 미국까지 가서 몇 달을 대학에서 공부를 하는 동안, 마치 오랜 갈증으로 헤매던 사막에서 벗어나 오아시스를 만난 것 같은 기쁨과 카타르시스를 한껏 경험했다.

사실 그동안 살아오면서 어쩌다 보니 나는 수많은 단체의 좌장을 맡게 되어 주로 내 이야기를 남에게 들려주는 입장이었다. 그런데 참으로 오랜만에 마치 학창시절로 돌아간 듯 순수한 마음으로 교수님의 강의를 듣기만 하는 그 시간 자체가 나에겐 큰 힐링의 시간이었다. 늘 아랫사람들에게 조언과 격려를 해주어야만 하는 부담에서 벗어나 나를 비우고 편안하게 듣기만 하는 그 자리에서, 도리어 나는 내 지식의 샘이 신선한 맑은 물로 가득 차오르는 것을 느낄 수 있었던 것이다.

물론 이번 나의 유학(?)을 위해선 타지에 집을 얻고 매일 학교에 오가는 번거로움이 있었다. 그러나 일찍이 조선 22대 정조왕이 그랬던가. 공부하려는 정성만 있다면 배움을 자기의 것으로 만드는데 번잡함이 그 무슨 대수겠냐고. 그렇다. 배움이 어려운 것이 아니라 그것을 용기 내어 실천하고 인내하는 것이 힘들다. 비단 정조의 말씀이 아니더라도 세상을 살면서 원하는 바를 얻기 위해선 단호한 실천력과 강인한 인내심이 있어야 하리라.

인생이란 배움이라는 숲길을 가는 것과 같다. 배움은 사람과 동물을 구분 짓는 잣대이자, 사람을 가장 풍요롭고 고귀하게 만드는 영혼의 양식이기 때문이다.

아니, 삶 자체가 배움일지 모른다. 이 세상을 홀로 사는 사람은 없다. 선조로부터 이어져온 무수한 지혜가 지금의 나를 이루고, 일생동안 배워온 학문과 지식이 또한 지금의 나의 인격을 이루고 있다. 실로 우리는 작은 꽃 한 송이로부터도 생명의 고귀함과 신비로움을 배우며, 떨어지는 낙엽에서도 경이로운 조화와 자연에 대한 감사함을 배운다. 이렇게 자연과 타인 등으로부터 서로 배우고 서로 가르치며 우리의 삶은 참되고 아름다운 선한 공동체가 된다.

더군다나 현대사회는 전 지구가 한 이웃이 되어 가깝게 교류하고 있다. 나라도, 문화도, 종교도, 사회성도 다른 지구인들이야말로 서로서로의 가장 중요하고 소중한 친구이자 스승이 아니고 무엇이랴. 그들을 만남으로써 나를 돌이켜 반조하고 나아가 앞으로 또다시 새롭게 배워야 할 것들이 무엇인지 신실하게 숙고할 수 있기에.

그러나 우리에게 가장 소중한 것은 머리가 아닌 가슴에서 우러나오는, 지식이 아닌 지혜다. 진실한 배움은 머리가 아니라 가슴에서 감동으로 채워져야 한다. 그리고 배움의 목적은 인간에 대한 연민과 용서여야 하며, 우리 배움의 궁극은 참된 이타심으로 가슴에서 피워 올리는 '사랑의 꽃'이어야 한다. 좁은 의미의 이기적 사랑이 아닌 그 너머에 피어나는, 우주적 사랑 말이다. 그런 의미에서 노년에도 식지 않는 내 배움의 열정은 사랑이라 불러도 무방하리라.

지혜로운 자란 죽을 때까지 배움을 멈추지 않는 자이다. "사람이 배우지 않으면 어두운 밤길을 가는 것과 다름없다人生不學如冥冥夜行." 앞으로도 쉬지 않고 새로운 지식을 얻고 그것을 지혜로 바꾸면서 마지막 그 순간까지 내 노년의 샘이 마르지 않고 충만하기를 오늘도 홀로 다짐한다.

– 〈월간문학〉 2017년 7월호 게재 수필

미·북회담, 그 역사의 현장에서

6월 12일 싱가포르에서 역사적인 미·북 회담이 열리던 날 하늘
은 흐리고 습도는 높았다. 오전 8시 5분쯤 평소처럼 출근을 하려
나서는데 길이 꽉 막혀 50m를 가는 데 25분이 걸렸다. 회담장으
로 이동하는 두 정상 경호 때문에 인근 교통이 통제돼 평소 25분
걸리던 출근길이 한 시간이 넘게 걸렸다.

　사무실에서 TV로 회담 상황을 지켜봤다. 두 정상이 회담장에 들
어서 처음 만나 인사하는 장면이 나왔다. 오후 1시 50분 회담을 마
치고 두 정상이 합의문에 서명하는 장면을 보니 가슴이 벅찼다. 기
대했던 'CVID'완전하고 검증 가능하며 비가역적인 비핵화에 관한 언급이
빠져 의아했지만 '시작'이라는 단어를 떠올렸다.

이번 회담의 개최지인 싱가포르는 161억 원의 비용을 부담하고 만반의 준비를 갖추고 분위기를 이끌었다. 덕분에 '깨끗한 나라' '안전한 나라'라는 긍정적인 이미지를 세계에 알리는 홍보 효과를 거둔 것은 물론 그에 따른 경제적 이득도 얻었다.

회담이 열리던 날 저녁 나는 지인들과 김정은 위원장이 묵었던 세인트레지스호텔 중식당에서 만찬을 했다. 그런데 그곳에서 우연히 김영철 북한 통일전선부장이 혼자 식사하고 있는 모습을 보았다. 30분쯤 지나자 이용호 외무상인 듯 보이는 관리와 약 25명의 수행원과 함께 들어왔다.

호텔 로비에는 싱가포르 경찰과 보안 요원, 북한 경호원들이 함께 지키고 서 있었다. 북한 경호원들은 사각형으로 짧게 올려 깎은 헤어스타일을 한 건장한 젊은이들로 모두 큰 키에 검은색 정장을 차려입고 끝이 뭉툭한 구두를 신고 있었다. 김정은 위원장이 이동할 때는 가슴에 인공기 배지를 단 50~60명의 경호원이 인간띠를 만들어 철통 경비를 했다.

그날 밤 북한으로 돌아가기 위해 호텔을 나서는 김정은 위원장과 그 일행을 지켜보았다. 칠십이 넘도록 살면서 수많은 사건을 보고 경험했지만 이번 회담이 성공한다면 역사에 길이 남을 획기적인 회담이 될 것이기에 관심을 갖고 지켜볼 수밖에 없었다.

- 〈조선일보〉 2018년 6월 8일 게재글

알래스카 빙하 Alaska Graciers

빙하! 하면 아직도 가슴이 설레는 걸 보면 나는 여전히 꿈 많은 소년인가 보다.

지구상에 빙하시대가 있었다는 걸 처음 알게 된 건 중학교 때였다. 세계사 시간에 플라이스토세Pleistocene라는 빙하시대를 배운 뒤로 나는 '그 시대에도 사람이 살았을까?', '그 추운 데서 동물과 식물들은 어떻게 살았지?' 하는 갖가지 생각에 마음을 설레곤 했다.

70만 년 전에 빙하시대가 실재하였다는 사실만으로도 어렸을 때부터 유난히 호기심이 많고 모험심으로 들끓던 내겐 그 어떤 것보다 신나는 상상의 대상이었다. 더군다나 아직도 알래스카엔

많은 빙하가 잔존한다는 사실을 안 뒤론 언젠간 꼭 그곳에 가봐야지 하는 꿈을 키웠다.

빙하란 매년 쌓이는 눈의 양이 여름에 녹는 양보다 많아서 쌓인 얼음결정을 말한다. 엄청나게 많이 쌓인 눈의 아랫부분은 무거운 압력으로 재결정작용을 받게 되면서 산꼭대기에 쌓이면 빙모ice cap가 되고, 골짜기에 쌓이면 곡빙하ice valley가, 극지방의 넓은 지역을 덮으면 빙상ice sheet이 된다. 현재 남극에는 1,280만km² 면적에 두께 3,700m, 그린란드Greenland에는 160만km²의 면적에 두께 3,300m에 달하는 빙하가 있다. 록키Rocky Mts, 안데스Andes Mts, 히말라야Himalayas Mts 등의 빙모와 알프스Alps와 남극 대륙 버드모아Beardmore 등의 대표적인 곡빙에는 빙하가 갈라져 생긴 좁고 깊은 크레바스가 산재해 있다.

빙하는 바다 다음으로 가장 많은 민물을 저장하는 지구의 물 저장고다. 세계 전체 빙하가 저장하고 있는 담수는 전체 민물의 75%를 차지하고 있다. 일례로 안데스 산맥의 빙하는 전 남미의 필요한 민물을 공급할 수 있는 양으로, 가히 빙하는 인류의 생명수라고 할 수 있다.

그러나 온난화로 이것이 전부 녹게 된다면 해수면이 약 60m 정도로 상승하여 지구는 매우 위험한 지경에 이르게 된다. 세계의 과학자들은 이 같은 재해를 이미 오래전부터 경고해왔다. 불보다 물이 무섭다는 말은 바로 이럴 때 딱 맞는 것인지 모르리라.

이렇게 세계 곳곳에서 빙하가 녹아 해수면 상승으로 인해 이미 많은 섬들이 물에 잠기고 있다는 뉴스를 범상치 않게 접하면서 나는 빙하가 얼마나 녹아내리고 있는지, 그 위험상태는 얼마나 심각한지 직접 두 눈으로 확인하고 싶었다.

사실 20년 전만 해도 한국에서 미국으로 오가는 비행기는 거의 알래스카 앵커리지 공항을 경유해야만 했다. 아이들이 보스톤Boston에서 유학할 때 나는 일 년에 서너 번은 미국에 다녀오곤 하였는데 그때마다 앵커리지 공항에서 한두 시간은 머물렀다. 한번쯤은 기회를 만들어 시내로 나가볼까도 했지만 늘 회사업무가 바빠 그러질 못했다. 그저 공항 곳곳에 박제해 놓은 상상을 초월하는 크기의 말코손바닥사슴moose, 흰곰, 흑곰, 늑대, 여우, 독수리 등을 보며 정말 이런 동물들이 이곳 알래스카에 살고 있는지 궁금해하면서, 내셔널지오그래픽 티브이채널에서 본 알을 낳기 위해 강을 따라 올라가는 연어를 잡는 큰 곰의 사냥기술을 떠올리며 생과 사의 생존경쟁이 치열하게 벌어지는 현장 앞에서 늘 아쉽게 발길을 돌려야만 했다.

그러던 2017년 7월과 10월, 드디어 생수개발을 위해 두 차례에 걸쳐 알래스카를 방문할 기회가 찾아왔다. 첫 방문 날 급히 사업일정을 마무리한 뒤 당장 빙하가 있는 곳으로 갈 계획부터 세웠다. 대빙하 콜롬비아Columbia Glacier로 가기 위해선 먼저 발데스Valdez항으로 가서 크루즈에 올라야 했다.

그렇다. 빙하는 직접 보지 않고서는 그 장엄함을 다 표현해낼 수 없는 대자연이 만든 신비였다.

빙벽이 있는 100m 앞 가까이에서 직접 목격한 빙벽과 빙하는 그동안 내가 상상했던 것 이상으로 훨씬 더 눈부시고 경이로웠다. 황홀한 모습에 경탄을 하면서도 동시에 녹아가는 빙하의 모습에 안타까운 마음을 금할 수 없었다. 높은 빙벽에서 붉고 푸른 빛을 찬란하게 발산하면서 무너져 내리는 빙하가 모두 다 곧 사라져버릴 것만 같아서 가슴이 저렸다.

그렇게 콜롬비아 빙하벽을 향해 7시간을 배로 이동하는 동안, 바다에 떠 있는 희고 푸른 영롱한 빛깔의 수천 개의 빙산 위에 바다사자와 새들이 잠깐씩 쉬어가는 걸 보며 웅장하고 환희로운 자연의 조화를 느꼈다.

그러던 어느 순간, 물 위로 나와 있는 얼음보다 물속에 잠겨 있는 얼음덩어리가 더 크다는 '빙산의 일각'이라는 단어가 머릿속을 스쳐 지나갔다. 까마득한 바다 저 밑에 잠겨 보이지 않는 어마어마한 빙산의 몸체, 어쩌면 우리의 인생도 우리가 보고 듣고 아는 것은 일각에 불과하고 그 속엔 더 깊고 의미심장한 뜻이 있지 않을까 생각하니 사뭇 마음이 숙연해졌다. 그래, 황량한 바다에 둥둥 떠다니는 빙산의 모습은 우리가 사는 이 세상의 그림이자, 미처 발견하지 못한 우리들 가슴속에 잠재되어 있는 무한한 가능성의 그림일지도 모르리라.

다음날 나는 워싱턴 빙하Washington Glacier를 향했다. 산 위에서 흘러내린 빙하가 햇빛에 영롱하게 빛나며 평원을 이루고 있는 그 광경 또한 장관이었다. 그렇지만 이곳도 30년 전에 비해 무려 8km 정도의 빙하가 사라져 그 땅에는 이미 초목이 자라고 있다니, 도대체 앞으로 빙하가 얼마나 더 녹아 지구를 변화시킬까 하는 생각에 두려움이 급습했다.

안타까운 마음을 누르며 발길을 돌린 나는 3시간 반 동안 기차를 타고 스워드Seward 항구에 도착한 뒤 그곳에서 연어낚시를 위해 러시안 강Russian River으로 향했다. 만년설이 녹아 계곡을 따라 흐르는 차가운 물답게 강물은 그지없이 맑고 투명했다.

강가에는 이미 수십 명의 낚시꾼들이 낚싯대를 던지고 있었다. 철이 지나 연어는 많지 않았지만 나는 서슴지 않고 긴 장화에 낚싯대를 들고 강 속으로 성큼성큼 들어갔다. 생각 외로 수심이 깊고 물살이 셌다. 무엇이든 겉으로만 봐서는 알 수 없는 게 인생이다.

급류의 물살을 네 시간이나 견디면서 낚싯줄 던지기를 수백 번이나 한 끝에 나는 마침내 90cm 크기의 황금연어 딱 한 마리를 낚았다. 얼마나 힘이 센지 물가에도 겨우 끌어올릴 수 있었다. 아무리 힘들어도 좌절하지 않고 버티어내는 것, 내 생의 좌우명을 이곳 러시안 강에서 다시 한 번 실천한 것이다.

그러나 내가 낚시에 열중하는 동안에도 강가에는 까마귀와 독수리가 나무 위에서 연어를 잡기 위해 아래를 내려다보며 울부짖고 있었고, 곰이 먹이를 구하기 위해 나타날지 모른다며 안내인은 권총을 차고 우리 주변을 경계하고 있었다. 다행히 이날 곰은 나타나지 않았지만 수많은 적들이 노리고 있는 양육강식 자연섭리의 현장을 짜릿하게 경험할 수 있었다.

알래스카 마지막 날은 산 위에 있는 빙하를 보기 위해 10인승 경비행기를 타고 6,190m 높이의 디날리Denali 공원 정상으로 갔다. 백만 년 전에 다이노소어dinosaur가 살았다는 북미에서 제일 높은 산으로 알래스카주 중남부에 있는 디날리 국립공원은 일 년 내내 만년설로 덮여 있었다.

경비행기로 빙하가 쌓인 정상을 구경한 뒤 약 3,500m 높이의 설원에 내리자 축구장 30개 크기만 한 넓은 설원이 눈앞에 까마득히 펼쳐졌다. 나처럼 이곳을 방문한 몇몇 여행객의 발자국과 썰매 비행기가 내린 자국들만 있을 뿐 하얀 눈으로 뒤덮인 산은 태고의 신비를 그대로 간직하고 있었다.

그런데 갑자기 나는 풀 한 포기, 나무 한 그루도 없이 산 전체가 빙하로 둘러싸인 황량한 계곡에서 이상하게 따스한 온기가 느껴졌다. 혹시 내 속에도 나도 모르는 거대한 빙하가 있는 것일까.

묘한 감정에 휩쓸리며 경비행기가 설원을 돌아 다시 하강하는 동안 만년설이 덮인 기암절벽에서 흘러내리는 폭포를 하염없이 쳐다보았다. 산 아래로 내려오면서 물줄기는 서로 모여 강을 만들고 그 강가는 초록의 숲들로 우거져 있었다. 그리고 그 숲속에는 회색곰, 돌산양, 순록, 낙타사슴, 늑대, 붉은여우 등 온갖 야생 동물들이 어울려 살고 있었다. 알고 보니 이곳은 세계에서도 보기 드문 빙하가 만든 자연녹지이자, 야생동물의 천국이었다.

아, 빙하가 녹으면 강을 만들고 온갖 생명들이 살 수 있는 수풀이 우거진 산하를 만드는구나! 이 사실을 확인하고 나니 지금껏 괜한 기우를 한 건 아닌가 하는 생각에 조금은 안도의 한숨이 쉬어졌다.

녹아 변해선 안 될 것도 있지만, 때로 변해야만이 되는 것도 세상엔 있다.

그러나 비록 그렇다 하더라도 저 빙하를 녹이는 것이 인간의 욕심으로 파괴된 생태계가 아니라, 서로를 사랑하는 사람들의 진실한 마음과 순수하고 아름다운 열정과 뜨거운 참회와 용서라면 얼마나 좋을까, 하는 생각은 알래스카를 떠나는 내내 지워지지 않았다.

출근

내 나이 열아홉 살 때 군대에서 처음 출근이라는 것을 한 것을 시작으로 어느덧 55년이 지나 반백 년이 넘었다.

출근이란 일을 하기 위해 일터로 가는 것을 말한다. 인간은 일을 하면서 자신의 정체성을 확인하고 행복하도록 창조된 존재다. 일을 통하여 정신적, 영적으로 성장하면서 인간다운 삶을 영위할 수 있다. 인간이 사회 속에서 자신의 일을 하는 것은 인류 역사상 시대와 장소를 넘어 어떤 문화권에서든 행해진 성스러운 활동인 것이다. 그러기에 출근은 대부분의 사람이 살면서 반드시 해야 할 평생조건이라 할 수 있다.

내가 사회에서 이른바 정상적인 출근을 시작한 것은 1972년 대학을 졸업하고 취직을 하고부터였다. 나는 회사생활을 시작하면서 최선을 다해 열심히 일하리라 다짐하고, 그 일환으로 누구보다 일찍 출근을 하기로 결심했다. 그리고 어떠한 상황이 닥쳐도 단 한 번의 지각도 없이 정해진 시간에 출근하고자 한 그 다짐은 반백 년이 지나도록 지금까지 지켜지고 있다.

나는 평생 출근시간을 7시 45분으로 정해놓고, 회사에 다닐 때도 내 사업을 할 때도 변함없이 이 소신을 지키며 살아왔다. 그러니까 이른 출근을 위해 아침 일찍 일어나 적당하게 운동을 하고 샤워를 마치고 아침식사를 든든히 하고 집을 나서는 생활을 변함없이 하고 있는 것이다.

물론 어느 날은 기분이 좋아서 가벼운 마음으로, 어떤 날은 우울하고 괴로운 마음으로 집을 나설 때도 있었지만 출근 그 자체를 싫어했던 적은 단 한 번도 없었다. 회사에 다닐 때는 내 가족과 회사를 위해, 그리고 사업을 시작한 뒤로는 가족과 가족 같은 직원들을 위해 변함없이 아침 일찍 집을 나섰다.

젊어서 직장생활을 할 때 나는 항상 제일 먼저 출근하여 하루 일과를 계획하고 준비했다. 그리고 그 시간을 활용하여 내 부족한 면을 채우며 매사에 솔선수범하다 보니 윗사람으로부터 항상 칭찬을 받았다. 그러나 그러한 칭찬보다도 내 스스로의 성취감과 만족감으로 일하는 것이 늘 신명났다.

사업을 시작하고 나서도 이러한 신념에는 변함이 없었다. 항상 직원들보다 먼저 출근하여 내 일은 물론 직원들의 일까지도 미리 점검하고 계획하고 준비해주니 회사에 큰 실수가 없었고, 그럼으로써 모든 회사 일을 낱낱이 꿰뚫어 볼 수 있으니 그야말로 일석이조一石二鳥의 효과가 아닐 수 없었다.

더욱이나 내 사업은 해외에서 하는 사업이라 외국인들과의 거래가 대부분이다. 특별히 철저히 신용을 잘 지켜 한국인의 자긍심과 긍지를 높이기 위해 최선의 노력을 다하였다.

이렇게 일생 아침 일찍부터 세심하게 사업을 기획하고 실행 계획을 준비해온 이 한결 같은 습관은 지금껏 나를 지켜주는 버팀목이 돼주었고, 그 결과 이만큼 사업에 성공하고 건강도 유지한 것이 아닌가 생각한다.

그러나 외국에서 전쟁 같은 사업을 하면서 어떻게 힘든 일이 없었으랴. 수십 년을 사업하면서 언제나 책임감과 중압감이 내 어깨를 무겁게 짓눌렀고, 그 중압감을 이기기 위해 나는 더욱 고군분투해 왔던 것이다.

그런데 나이가 칠순에 이르니 문득 이러한 일의 무게도 하늘이 준 최고의 선물이자 삶의 윤활유라는 것을 깨닫게 되었다. 실로 인간의 존엄성과 위대함은 실존의 세계에서 사회성을 통해 드러난다. 즉 정직하고 부지런히 노동을 할 때 인간은 이 세상에서 신이 부여한 권리를 행사하면서 풍요를 이루고 미래를 설계할 수 있으며 나아가 이웃에게 참된 봉사를 할 수 있게 된다.

'인간에서 가장 진실한 것은 절제와 일'이라고 루소가 말했던가.

그렇다. 최선을 다해 일한 뒤의 휴식이야말로 가장 편안하고 값지다. 매일 부지런히 나가 일하지 않고 하루 종일 누워 있는 것은 휴식도 쉼도 아니다. 힘들었던 하루를 당당히 이겨내고 선물처럼 오는 휴식이야말로 그 어느 것보다 달콤하고 고귀한 것이다.

물론 출근은 회사로만 하는 것은 아니다. 사람마다 사정과 환경에 따라 집에서 재택근무도 할 수 있고, 가사활동도 할 수 있다. 각자 자기 사정에 맞게 무슨 일이든 열심히 최선을 다하면 되는 것이다.

단도직입單刀直入적으로 말하자면 '출근'이란 일터에 나가 근무하여 돈을 버는 행위를 말한다. 그러나 나는 모든 지인들에게 권한다. '돈을 벌지 않더라도 출근길을 만들어 보자'고!

낚시를 가든, 바둑을 두든, 산에 오르건, 봉사를 하든, 그냥 길이라도 걷든.

움직이지 않는 사람은 죽은 사람과 같다. 누군가에게 의지하지 말고 내 자신의 힘으로 벌떡 일어나 출근길을 만들어라. 독일 속담에 '일하지 않는 자는 먹지도 말라'고 하지 않았던가!

몸을 움직이고 무언가 할 수 있다는 자체로 우리는 이 세상에서 가장 행복한 사람이다.

가정교육

교육은 인간이 바르고 가치 있는 삶을 영위하는 데 필요한 인성과 수단을 배우는 과정으로 대표적으로 가정교육, 학교교육, 사회교육 등이 있다. 교육을 통해 인간은 바람직한 인성을 형성하여 행복한 삶을 영위하는 한편, 나아가 사회 전체의 번영과 발전을 이루는 중요한 힘의 원천을 쌓게 된다.

칸트Kant, I.는 '교육은 인간을 인간답게 만드는 작용'이라 하였다.

오늘날 현대사회에서의 교육의 목적은 개인적으로는 행복하고 건강한 생활을 영위하고, 사회적으로는 정의롭고 실용적인 민주시민을 길러내는 데 있다 할 것이다.

그러나 나는 이 중에서도 가장 중요한 것은 가정교육이라고 오래전부터 생각해왔다. 가정교육이란 부모가 가정에서 자녀들의 예의범절과 인성교육 등을 통해 훌륭한 사람으로 성장할 수 있도록 가르침을 주는 것을 말한다.

학교교육이나 사회교육도 중요하지만 사람은 먼저 가정에서 세상을 살아가는 데 필수적인 기본자세와 마음자세를 배우게 되므로 그 어떤 교육보다 중요하다 할 수 있다. 가정교육은 자식에 대한 본능적인 사랑을 통해 부모로부터 배우는 첫 교육이기에 평생을 살아가면서 지니게 될 소양과 인성 등의 중요한 덕목들을 갖추게 되며, 이때 배운 생활규범과 가치, 삶의 철학들은 자녀의 일생을 지배하게 될 골격이 되는 것이다.

자녀들이 커서 학교에 가게 되면 지식과 학문을 배우게 되지만 이때에도 육체적, 정신적으로 올바른 가정교육이 반복적이며 지속적으로 병행되지 않는다면 그 지식들은 한낱 사상누각이 될 수도 있다.

옛말에 세 살 버릇 여든까지 간다고 하지 않았던가!

나도 부모님으로부터 엄하면서도 따뜻한 교육을 받았다. 처음으로 부모님의 진한 사랑을 느낀 것은 5살 무렵이었다. 6.25 동란이 났을 때 부모님과 함께 고향으로 피난을 가던 길에 내게 베푸신 부모님의 사랑을 나는 또렷이 기억한다. 그때 부모님은 추운 피난길에 혹시나 내가 추울까 나를 솜옷으로 꽁꽁 감싸주시고 작은 내 손을 꼭 잡으시고 몇 십 리를 가셨다. 그 열악한 환경에서도 따뜻한 음식을 주시며, 당신들도 힘들었을 여정길에도 혹시나 다리가 아플까 봐 업어주시던 기억이 아직도 뇌리에 생생하다.

나중에 자라 학교교육을 통해 전쟁의 참상을 배우면서 당시부모님이 얼마나 정성을 다해 나를 보호하시고 사랑하셨는지 깨닫게 되면서 그 고마움은 더욱 깊이 가슴에 새겨졌다. 어린 시절 부모님의 따뜻한 자애의 온기가 가슴에 깊이 아로새겨져서 그런지 나름대로 지금까지 부모님께 정성을 다해왔다. 무의식적으로 배운 부모님의 한량없는 사랑, 즉 진실한 가정교육 때문이었을 것이다.

그리고 내가 조금 컸을 때였다. 직장생활을 하시던 아버지께서는 일과를 끝내고 집에 돌아오시면 언제나 양복 먼지를 터시고 옷걸이에 옷을 반듯하게 걸어놓고 손과 발을 깨끗이 씻으신 후에 밥상을 받으셨는데, 보릿고개가 있던 그 시절 어머니께서는 우리들에게는 꽁보리밥을 주시면서도 아버지께는 꼭 쌀밥이 섞인 밥을 올렸다.

그러면 어린 마음에 그 밥을 먹고 싶어 턱을 받치고 앉아 있었다. 그런 마음을 아셨던지 아버지께서는 늘 서너 숟갈씩을 남겨주셨는데, 그 밥이 얼마나 맛있었던지! 이후 아무리 진수성찬이 앞에 있어도 그때와 같은 맛은 다신 찾아보지 못했다.

아버지께서는 사람은 일찍 자고 일찍 일어나야 한다시며 밤 10시쯤이면 어김 없이 전깃불을 끄시고 새벽 5시 30분이면 방을 다니시며 우리를 깨웠다. 그때의 버릇이 평생을 가서 지금도 10시쯤이면 잠자리에 들고 아침 일찍 일어나는 것이 습관이 되어 있다. 이 역시 아버지가 우리에게 주신 무엇보다 소중한 가정교육이 아닐 수 없다.

내가 중학교에 들어갔을 때는 가훈을 만들어 벽에 걸어놓고 우리들에게 늘 읽게 하셨다. 형제들끼리 싸우다가도 아버지의 훈계로 가훈을 읽다 보면 어느새 화나던 마음은 눈 녹듯 사라지고 회개하는 마음으로 우애의 마음이 돈독해졌다. 그래서인지 우리 형제들은 지금까지도 서로를 사랑하며 다정하게 지낸다.

아버지께서는 그 외에도 수시로 삼강오륜이나 명심보감을 종이에 빨간 펜으로 적어 우리에게 읽어보라 하시며 엄한 가정교육을 시키셨다. 그러면 마루에 꿇어앉아 한 시간도 넘는 강의를 들어야 해서 당시는 고역이라 생각도 했지만, 그때 아버지께 배운 인간으로서의 도리와 지혜 덕분에 모진 풍파의 세상을 살아가면서 언제나 바르게 생각하고 정의롭게 행동하는 데 큰 도움이 된 것은 두 말할 나위가 없다.

보수적인 집안이었지만 그렇게 아버지께서는 철저한 인성교육과 함께 따뜻하고 자애로운 사랑을 듬뿍 주셨다. 그 생각만 하면 지금도 아버지의 현명한 지혜와 한량없는 사랑에 절로 고개가 숙여지고 존경의 마음이 가슴으로 찡하게 밀려온다.

세월에 지나 나도 장성하여 가정을 이루고 자식들을 낳아 기르면서 나름대로 자녀들에게 철저한 가정교육을 시켜왔다고 자부한다. 자식 세 명에게도 내가 아버지로부터 배운 가정교육과 별 다르지 않게 시켜, 덕분에 아이들 모두 훌륭하게 장성하여 나라에 이바지하는 인재가 되어 뿌듯하기 이를 데 없다. 그 엄한 가정교육을 순종적으로 잘 따라준 착한 아이들에 대한 기특함 또한 어찌 다 말로 표현할 수 있으랴.

그런데 우리 애들도 모두 결혼을 하고 손주들도 태어나고 보니, 솔직히 내가 아이들에게 시대에 맞지 않게 조금 심하게 가정교육을 시키지 않았나 싶은 마음이 없진 않다.

그도 그럴 것이 우리 애들은 당시 유행이었던 청바지나 배꼽티를 입거나 머리 물들이는 것은 한 번도 해보지 못했을 뿐 아니라, 밤 8시 30분을 통금시간으로 정해놓아 그 시간 이후론 절대 못나가게 했으며 어쩌다 친구 집에서 한 번 잠자는 것조차 허락한 적이 없으니 가히 애들의 자유를 구속했다면 했다 할 수 있을 것이다.

그러나 바로 그런 나만의 교육철학이 있었기에 아이들 모두 바른 인성을 갖추고 훌륭하게 사회생활을 하는 반듯한 사람으로 컸으며, 그 아이들 역시 손자들을 지혜로운 사랑으로 키우는 것을 보며 조금 너무했다는 생각이 안 드는 건 아니지만, 결코 후회는 없는 것이다.

나는 지금도 인간이 태어나 받는 교육 중에 가장 중요한 것은 가정교육이라 믿는다. 집안에서 먼저 부모로부터 바른 훈육을 받아야 학교교육과 사회교육을 통해 바람직하고 성공적인 사람으로 거듭날 수 있기 때문이다. 더욱이나 가정교육은 부모로부터 자식으로, 또 그 다음 세대로 유전된다. 그러므로 가정교육이 한 번 잘못된다면 그 자식 대뿐 아니라 손주들 세대까지도 큰 불행을 미치게 되는 것이다.

강연을 할 때면 나는 가끔 내 경험을 들려주며 대화도 나눈다. 내가 가르친 것이 다 맞다고는 할 수 없겠지만 아이들이 정신적으로 건강하고 모두 성공적인 삶을 이룬 결과를 보면 역시 내가 크게 틀리지는 않았다고 할 수 있으리라. 게다가 청중들도 강의를 재미나게 경청하면서 고맙다고 인사하니 한없이 보람을 느끼며 생활하고 있다.

내 가정교육엔 나만의 중요한 지침이 있다. 그것은 항상 나보다 먼저 남을 배려하고, 남에게 친절하고, 어려운 이웃들에게 봉사하는 것이다. 그렇게 진심으로 타인을 이해하고 사랑할 줄 아는 마음이 갖추어질 때 스스로도 행복하고 나아가 이 사회 전체가 밝고 환하게 빛날 것이라 굳게 믿기 때문이다.

그러나 여기에서 간과하지 말아야 할 것은 말뿐이 아니라 부모가 먼저 바른 정신과 행동으로 본을 보여야 한다는 것이다. 아이들은 그러한 부모의 행동을 보며 마치 향 싼 종이에 향내 베듯, 저절로 향기로운 물이 들기에!

가을 바다

이제 막 시작하는 가을
해 솟는 금빛 아침바다

부산 동쪽 모퉁이 기장해면 바위 아래
넘실넘실 미역이 춤추고
작은 고기떼들 사이로
물새들이 좋아 노래 부르는데
저기 저 지평선에서 멀어지는
유람선은 어디로 가는 건가

이제 막 시작하는 가을
광활한 햇살 빛나는 아침바다

출렁이는 은빛 바다
끝없이 펼쳐진 바다 위로
한 세월 너끈히 쥐고
파도는 장엄하게 밀물 따라
동에서 서로 흐르는데
그 위에 그물 치는 어부 마음 그 누가 알까

- 무술년 8월17일 부산 기장에서

● 에필로그 1.

부끄럽지만
행복한 마음으로

어느 날 문득 40년 해외 생활의 경험을 챙겨봐야겠다는 생각이
들었다.

아들딸이 모두 결혼하고 손자들까지 태어나니, 내가 이만큼
건강할 때 우리가 지금껏 외국에 살고 있는 이유와 그 의미에
대해 알려줘야겠다는 마음이 든 것이다. 그때부터 이런 저런 생
각이 들 때마다 글을 써 모아왔다.

글을 쓰면서 아내에게 핀잔을 많이 들었다.
2011년도 내가 '멋진 촌놈'이라는 책을 쓸 때도 아내는 몇
시간씩 미간을 찌푸리며 책상에 앉아 고민하는 내가 안쓰럽다
고 말렸었다.

하지만 수필가 피천득 선생은 마음의 여유가 없어 글을 못 쓰는 것만큼 슬픈 일이 없다 하셨다. 굽이굽이 살아온 세월에 힘들고 어려운 점이 왜 없었겠냐만은, 뒤돌아보면 나름 행복하고 보람된 인생이었다고 자평한다.

내 지난 삶의 단상들을 부족한 글로 표현하자니 부끄러움이 고개를 든다.

그래도 지난 시대를 치열하게 살아온 한 사람의 기록이라 생각하고 가볍게 읽어주길 바란다. 혹시 젊은이들이 이 안에서 작은 도움이 될 만한 것이라도 찾아준다면 더 이상 고마울 것이 없겠다.

2015년 8월, 멀리 싱가포르에서

나의 소견小見

글을 쓰는 재주가 없습니다.
상상력도 많지 않습니다.

그러나 평소에 바르게 살려고 노력하고 짧게는 2~3년 길게는 5년 정도 계획을 세워놓고 준비하고 실천합니다,

이 책들도 그런 계획 중에 하나였습니다.
계획을 세우고 열심히 노력하니 그것이 경험이 되고 지혜가 되어 많이 부족하지만 뜻한 대로 이루어졌습니다.

항상 최선을 다해 노력하고 살겠습니다.